AF237772

Tes Lavi

gefangen

Roman

Tes Lavi ist eine deutsche Journalistin und Schriftstellerin. Sie lebt mit ihrer Familie in Brandenburg.

© 2021 Tes Lavi
Herstellung und Verlag: BoD – Books on Demand, Norderstedt

Bibliografische Information der Deutschen Nationalbibliothek: Die Deutsche Nationalbibliothek verzeichnet diese Publikation in der Deutschen National-bibliografie; detaillierte bibliografische Daten sind im Internet über dnb.dnb. de abrufbar.

ISBN: 978-3-754-34124-7

Für Eva, Marie und dich.

Inhalt

Wann immer man eine Geschichte hört, will man auch einen Teil von sich selbst darin finden, Parallelen zum eigenen Leben. Sonst wäre sie ja langweilig.

Auch diese Geschichte basiert auf wahren Begebenheiten. Und trotzdem sind ihre Figuren Kunstfiguren. Denn wie wir alle wissen, ist in der Wirklichkeit alles noch viel schlimmer.

Aber niemand will es glauben, bis er es selbst erfährt.

Prolog

Ich sehe es an ihren Augen.

Wenn ich die Geschichte erzähle, also die von meinem letzten Jahr mit dir, kommt als erste Reaktion immer das Entsetzen. Danach geht es unterschiedlich weiter – von fassungslos bis hin zur Überheblichkeit. Sie denken, wie bescheuert muss man sein. Man muss es doch gewusst haben! Und genau in diesen Momenten fühle ich mich wieder nackt. Nackt und blöde. Ich schäme mich dann unendlich und die Tränen steigen in mir hoch, von denen ich dachte, sie alle bereits geweint zu haben.

Nein, ich habe es nicht gewusst. Was auch?

Vielleicht hat es angefangen, als du mich vor acht Jahren an einem Freitag gefragt hast, ob du springen sollst. Ich wünsche mir das heute noch manchmal, weißt du? Ich könnte sagen, damals war es. Dieser Augenblick war schuld.

„Wenn du willst, spring doch", habe ich lachend gesagt und dich umarmt. Und dann standest du da oben, fünfundzwanzig Meter über mir. Ich hatte mein Handy am ausgestreckten Arm. Er tat mir schon weh, weil nichts passierte, um die Aufnahme zu starten. Und so schaltete es sich immer wieder ab. Ich nahm den Arm runter und entsperrte das Handy neu und rückte alles wieder in Position. Meine Eltern und mein Sohn Gregor waren auch da. Und die halbe Stadt war versammelt. Hast du das überhaupt mitbekommen? Sie haben geschrien: „Sprinnnnng.

Ja spring! Jaaaaaahhh. Jjjjjetzt. Jjjjjetzt aber. Du schaffst das."

Und dann hast du da oben auf der Bungeejumping-Plattform doch wieder einen Schritt zurück gemacht und ein Raunen ging über die Bühnen und Fahrgeschäfte hinweg. „Neiiiiin. Ohhhhhhhch. Aaaaaaaach. Mannnnnn."

Und meine Mutter neben mir im Rollstuhl hat geflüstert: „Wenn ich wüsste, ich werde dadurch wieder gesund, ich würde es tun."

Teil 1

DU

Ich verjage alle Geister
Und die Dämonen schick ich fort
Leg den Kopf auf meine Schulter
Es ist der weltsicherste Ort

aus dem Song „Hab keine Angst"
von Philipp Poisel

1

Wer das erste Mal in dein Gesicht blickt, kann danach nicht mehr einfach so weitergehen.

Du siehst immer gut aus in deinem frischen weißen Hemd und den Jeans, ganz egal, wo du auch hingehst. Du könntest Italiener sein. Bist du aber nicht. Vielleicht sind es deine Augen, die aufhalten. Deine dunklen Augen, die so schön lachen können. Vielleicht ist es auch das Verlorensein, das du ausstrahlst. Oder deine Traurigkeit, die du in einer unachtsamen Sekunde zeigst und die dann eine Magie über den Augenblick legt. Oder, weil du so jung bist und doch schon so viel weißt.

Frauen und Männer sind dir gleichermaßen verfallen. Sie sind immer irritiert, wenn sie dich sehen und laden dich dann spontan auf einen Drink oder auf eine Zigarette ein, um ihre Unsicherheit, die sie wie das Flackern einer Lampe beim Aussetzen des Stromes kurz aufschauen lässt, zu überspielen. Und selbst wenn ich daneben gesessen habe und du den Kopf geschüttelt und meine Hand genommen hast, blieben sie einfach weiter stehen oder tanzten, wenn wir aus waren, auf der Tanzfläche provokativ vor dir.

Ich habe von Anfang an verstanden, warum du die Menschen hasst.

Schon als du noch ein kleines Kind warst, sind sie einfach so gekommen und haben deine braune Haut angefasst und in deinen ozeanschwarzen Haaren gewuselt, dort in der damals blasseren Stadthälfte, in die du hinein geboren wurdest.

Unsere Liebesgeschichte ist in diesem Zusammenhang schon ein Wunder, findest du nicht auch? Und ein irrer Zufall. Wir haben uns kennengelernt, ohne uns zu sehen. Das war vor 14 Jahren. Und jetzt sind wir schon elf Jahre zusammen. Und verheiratet. Es ist lustig mit uns. Manchmal kann ich es gar nicht glauben und dann frage ich dich: „Schatz, ist es bei uns wirklich so schön, wie es ist?" Und dann lachst du immer und gibst mir einen Kuss.

„Es ist genau so schön, Bella. Genau so, wie es ist."

„Und wie lange ist es noch so schön, wie es ist?" „Noch achtzig es-ist-genau-so-schön-wie es-ist-Jahre."

Aber es stimmte nicht.

Und von einem Tag zum anderen kippte meine Welt ins Bodenlose.

Jede Jahreszeit hat ihre Schönheit. Der Winter aber hat zwei mehr, den Schnee und das Licht.

Über Nacht hatte es geschneit. Ich stand barfuß am Fenster und konnte mich nicht satt sehen. Die ganze Stadt war weiß und sanft. In den Eiskristallen an den Ästen der Weide im Garten hinter unserem Haus brach sich das erste Sonnenlicht des Tages. Es hatte den Weg vom Dach über die Hauswand und die geöffnete Terrassentür unserer Nachbarn bis genau dahin geschafft. Es funkelte nur so und die Spatzen flogen aufgeregt hin und her.

Eine Stunde später sah die Welt für mich ganz anders aus. Ich hockte hinter der Eingangstür unserer Wohnung auf dem Boden und versuchte, mich zu konzentrieren oder wenigstens dem Lichtstrahl noch einmal zu folgen, der rechts aus der Küche neben die Schuhsammlung fiel, wieder hinaus in die Winterwelt. Es gelang mir nicht. Ich saß da und spürte nichts, außer dem kalten Luftzug der immer noch da war, seit du die Tür zugeschlagen hattest und an der ich dann zusammengesackt bin.

Wir hatten uns nicht gestritten. Wir streiten uns sowieso fast nie. Aber irgendetwas war nicht wie sonst mit dir und ich habe dich gefragt, was los ist. Und dann hast du ein paar komische Sachen gesagt. Und ich habe dich angeguckt. Und an den Wimpern deiner Augen hing noch der Morgen.

Dann bist du gegangen. Nicht, um arbeiten zu gehen und am Abend wiederzukommen wie sonst. Du kommst heute nicht mehr. Und morgen auch nicht.

Ich war nochmal in unser Bett geschlüpft, obwohl du schon aufgestanden warst. „Ich weiß nicht mehr weiter, Bella", hast du dann gesagt, als du aus dem Bad kamst. Und deine Hände haben gezittert und dein frisches Hemd auch, weil dein ganzer Körper gezittert hat.

„Ich weiß nicht mehr wohin mit mir, Bella. Ich fühle mich so überfordert. Weißt du, ich konnte das immer ganz gut vor dir und im Alltag verbergen, aber jetzt bekomme ich plötzlich Panikanfälle und keine Luft mehr. Erst war es nur irgendwann am Tag so, aber neuerdings passiert es mitten in der Nacht. Es ist ein Burnout, meint Doktor Balan. Ich war gestern bei ihm. Was soll ich bloß machen, Bella? Ich weiß nicht, was werden soll. Ich weiß es einfach nicht."

Das hast du gesagt und dass du solche Angst hast und dass du denkst, du brauchst einfach nur mal ein bisschen Zeit für dich, Zeit für dich allein. Und dass du in der Wohnung deines Freundes Alexander sein kannst, sie wäre sowieso frei, weil Alexander doch schon die ganze Zeit bei seiner Freundin wohnt. Es wäre kein Problem.

Ob ich irgendetwas nicht weiß, habe ich dich gefragt. „Was sagst du denn da Bella? Ich will doch nur mal für mich sein. Vielleicht brauche ich einfach nur einen Plan. Einfach nur einen Plan für mich. Bella, bitte, bitte sei nicht traurig."

Und dann hast du ein weißes Hemd zum Wechseln eingepackt. Und deine Boss Boxershorts.

Und dann ist mir schlecht geworden.
Und dann hatte ich plötzlich auch Angst.

Ein Burnout? Was für ein Burnout? Warum bleibst du dann nicht hier? Wieso legst du dich nicht einfach in unser Bett? Warum zu Alexander? Wozu brauchst du einen Plan? Was für einen Plan? Wieso hast du ein Burnout? Wieso, warum, wozu...

Zu den Fragen in Endlosschleife klackerten noch immer die Räder deines kleinen Rollkoffers in meinem Kopf. Klack. Klack. Klackklack. Klack. Wie sie auf den Treppenabsätzen aufgeschlagen sind und dazu deine Schritte und dann die Haustüren. Erst unsere, dann die vom Vorderhaus und auch noch das große Tor an der Straße.

Vor ein paar Tagen hatte mein Gefühlsradar schon einmal ausgeschlagen, mal abgesehen davon, dass du in letzter Zeit sehr geschafft warst und irgendwie nie aus deinem Stress rauskamst. Ich war mit dem Auto auf der Autobahn unterwegs. Während der Fahrt hast du mich permanent angerufen. Und obwohl wir schier endlos telefonierten, gelang es mir nicht, herauszubekommen, was du mir eigentlich sagen wolltest. Du klangst so durcheinander, so down.

„Ich kehre um", habe ich vorgeschlagen und dann hast du ins Telefon geschrien, ob du nicht auch ein einziges Mal, nur ein e i n z i g e s Mal alleine sein könntest.

Es stimmte. Ich war viel zu Hause. Um genau zu sein, bin ich seit elf Jahren zu Hause. Elf Jahre. So lange, wie wir zusammen sind.

Natürlich frage ich mich manchmal, wieso. Und doch ist die Antwort ganz einfach. Weil ich konnte, weil ich wollte und - weil ich musste.

Vor elf Jahren war ich noch in einem IT-Unternehmen angestellt. Lustig, IT-Unternehmen. Was für ein unmodernes Wort neben den ganzen neuen Startup-Unternehmen heute. So schnell dreht sich die Welt und noch schneller ist alles vorbei. Und man sitzt zu Hause und merkt es nicht einmal.

Wir hatten uns schon drei Jahre, bevor wir ein Liebespaar wurden, zufällig am Telefon kennengelernt. Wirklich alles daran war der pure Zufall. Der Tag genauso wie die Uhrzeit, die gewählte Rufnummer und die spontane Eingebung, genau Jetzt anrufen zu müssen, in dem neuen Fitness-Studio in unserer Stadt. Eigentlich wollte ich nur wissen, wie teuer eine Mitgliedschaft ist. Und dann warst du am Telefon. Allein deine Stimme hat ausgereicht, dass ich nach dem Auflegen des Hörers kichernd auf meinem Sofa zurückblieb.

Wir hatten geflirtet. Und dann wolltest du mir die Preise persönlich erläutern kommen. Bei mir zu Hause. Ich sah mich in Gedanken schon mit Lockenwicklern im Haar die Tür aufmachen und entschied mich lieber für den Weg in das Fitness-Studio. Einfach so, ohne einen Termin bin ich dann da hingegangen. Du konntest also nicht wissen, dass ich es war, die an der Tür des Verkaufsbüros klopfte und ich nicht, dass du es bist, der sie mir öffnete. Wir sahen uns an und mein erster Gedanke war, ach schade. Schade, dass der so jung ist. Und dann gingen wir zusammen in ein Café.

Aber all die Jahre, die du jünger bist, ist deine Lebensgeschichte umso gewaltiger. Als du sie mir das erste Mal erzählt hast, habe ich mich gefragt, wie du das aushalten konntest. Und gedacht, dass das wahrscheinlich niemand aushalten kann und niemand wieder gut machen kann und ich auch nicht und bin auf Abstand zu dir gegangen.

Trotzdem hast du mich von Zeit zu Zeit angerufen. Drei Jahre lang.

„Na, schönste Frau der Welt."

„Ach, der Herr Savane", habe ich dann immer gesagt und gleichzeitig meinem Kollegen augenzwinkernd zu verstehen gegeben, dass du es wieder bist, Tom, mein Verehrer.

„Haben Sie es sich überlegt?"

„Was sollte ich mir denn überlegt haben?"

„Na, ob Sie mich heiraten?"

„Nein", lachte ich, „ich heirate Sie nicht."

„Wollen Sie wirklich, dass ich mich in eine andere verliebe und Sie dann traurig sind?"

„Das ist schon okay, Herr Savane", habe ich jedes Mal gesagt und dir viel Glück gewünscht.

Und dann hatte ich keine Kollegen mehr, weil die Internetblase platzte und wir entlassen wurden.

Und ein zweiter Zufall brachte uns zusammen.

Aber heute bin ich nicht mehr sicher, ob es überhaupt ein Zufall war.

Ich parkte gerade ein. Sehr energisch und in einem Zug, wie das nur Frauen können, wenn sie wütend sind. Zack. Zack. Zack. Drin. Das Auto stand danach ein bisschen schief, aber das war mir egal. Als ich meine Tasche nehmen und aussteigen wollte, und noch einen kurzen Blick in den Spiegel warf, sah ich dich auf der anderen Straßenseite. Tom Savane.

Mit einem Hund an der Leine spaziertest du einfach an meinem Haus vorbei. Irgendwie war ich sauer an diesem Tag, auf mich, die Welt, was weiß ich. Deshalb passtest du genau in diesem Augenblick als Puzzleteil in mein Leben. Nur deshalb hupte ich, stieg aus und ging zu dir. Wäre ich nicht sauer gewesen, hätte ich mich vielleicht nur gewundert und dich vorbeiziehen lassen.

„Schau an", rief ich schon beim Überqueren der Straße, „der Herr Savane. Was machen Sie denn hier? Heute kommen Sie aber mit zu mir hoch."

„Nein, besser nicht."

„Nein?"

„Nein."

„Warum denn nicht?"

„Sie haben mir schon zwei Mal mein Herz gebrochen. Ich will das nicht noch einmal erleben müssen."

„Zwei Mal?"

„Ja. Zwei Mal. Im Fitness-Studio und bei unserem letzten Telefonat."

„Ach", antwortete ich, „dann kann es ja nicht mehr so schlimm werden, dann wissen Sie ja schon, wie das ist."

Ich ging dann vor, fünf Treppen und du hinter mir, mit dem kleinen Hund auf dem Arm. In meiner Wohnung sank ich lässig auf mein Sofa und ließ dich nicht aus den Augen. Lasziv, hast du später immer schmunzelnd gesagt. Aber in dem Moment warst du sehr nervös und dein Hund zitterte, genauso wie du und dann bist du schnell wieder gegangen.

Zwei Tage später klingelte es an meiner Wohnungstür und als ich sie öffnete, schaute ich auf einen Türrahmen voller Rosen. Und dann habe ich dir den Fernsehturm gezeigt, den man von meiner Terrasse aus sehen konnte.

Aber du hast nur mich gesehen.

Unser Anfang war schwer.

Da ich gerade entlassen worden war und du seit zwei Jahren nicht mehr im Fitness-Studio arbeitetest, sondern eine Bar in Barcelona hattest, gefiel mir deine Idee, eine Zeitlang mit dir zusammen dorthin zu gehen. Und meinen großen Kindern Anna und Gregor gefiel das auch. Nur meinen Freundinnen nicht.

Doch es klappte nicht mit dem Weggehen. Nichts klappte damals. Erst starb deine Schwester, dann streikte am Tag unseres Abfluges die Fluggesellschaft, dann kränkelte ich rum und dann du. Krebs. Wochenlang warst du bei Ärzten und zu Untersuchungen unterwegs. Manchmal hattest du noch Markierungen davon an deinem Körper, wenn du am Abend nach Hause kamst. Es sah nicht gut aus. Also sagte ich die, mir angebotenen neuen Jobs ab. Denn ich wollte in der Zeit, die dir noch blieb, die uns noch blieb, vielleicht noch ein oder zwei Jahre, einfach nur mit dir zusammen sein.

Auf Grund deiner Therapien waren wir zeitlich ziemlich gebunden und konnten relativ wenig unternehmen. Wenn, dann waren wir nur kurz, spontan und ein bisschen verrückt unterwegs. Nur, um in Rom einen Espresso trinken oder um in Warnemünde im Strandkorb liegen zu können. Und auf den Dächern Prags waren wir auch. Wir haben in einem Restaurant gegenüber vom Altem Rathaus einen Salat gegessen. Wir haben den zwölf Aposteln zugeschaut und den Menschen auf dem Platz davor, wie sie ihre Gesichter nach oben hielten und dabei lächelten.

Später sind wir ins U-Fleku gegangen, um tschechisches Bier zu trinken und uns über die Blasmusik zu amüsieren. Einer der Musiker kam an unseren Tisch und hat dich gefragt, aus welchem Land wir kämen. Und dann hast du ihm Geld gegeben und sie spielten Die Biene Maja für mich. Die Biene Maja! Ich musste mir das Kichern verkneifen, aber alle Gäste kannten es und haben mitgesungen und wir bei den Liedern aus ihren Ländern auch. Katjuscha und She Loves You und Drunkeen Sailer.

Und du hast gelacht und ich war angetrunken und wir verliebt. Und die ganze Welt mit uns.

Aber bis nach Barcelona sind wir nie gekommen.

Nach eineinhalb Jahren verbesserte sich dein Gesundheitszustand.

Gott, war ich erleichtert. Und glücklich. Dass wir immer noch in unserer Stadt waren, zu Hause, in meiner Wohnung und nicht in Spanien. Du hattest die Bar verkaufen lassen und während du auf dein Geld wartetest, einen Weinhandel aufgemacht.

Und ich war die Frau dahinter und fühlte mich stark. Dass ich wieder richtig arbeiten gehe, wolltest du nicht. „Bella, bitte, du hast all die Jahre gearbeitet und deine Kinder dabei großgezogen und warst immer für alle da. Jetzt bin ich es für dich."

Außerdem stand ein Angebot aus New York für dich im Raum, das durchorganisiert werden musste. Also blieb ich zu Hause, plante, schrieb Artikel für Zeitungen, kümmerte mich um dein Büro, um die Familienangelegenheiten, um unseren Haushalt und den Alltag, Wandfarben, Ostergrün, Geburtstagstorten, Geschenke, Feste, Essen, Urlaubsreisen, um Zeit mit Freunden, um Kinder und Enkelkinder und - um meine alten Eltern. Da sie in einer anderen Stadt versorgt und später gepflegt werden mussten, war ich zwei Tage in der Woche bei ihnen und nicht zu Hause. Ich organisierte ihren Haushalt, ihren Einkauf, Pflegestufen, Pflegedienste, schrieb Anträge, sicherte die Geldangelegenheiten, Vormundschaften, Ärzte, Hörgeräte, Krankenhausaufenthalte, Inkontinenzmaterial, Seniorenheimplatzsuche, Umzüge, die Wohnungsauflösung, ach, was weiß ich nicht alles.

Das ging acht Jahre lang so. Und dann sind sie gestorben. Und ich irgendwie auch. Ich hatte das Gefühl, ich müsste mich sieben mal sieben Wochen lang hinlegen.

Und du? Obwohl du Tag und Nacht für deine Kunden da sein musstest, bist du mit meinen alten Eltern noch in Italien gewesen und hast ihnen Pompeji gezeigt, weil das Mamas Lebenstraum war. Und später, als sie nicht mehr laufen konnte, damals im Krankenhaus, hast du sie ins Arztzimmer getragen. Und du warst es auch, der den Vorschlag gemacht hat, Vater mit zu uns zu nehmen, als er an ihrem Grab nach der Beerdigung zusammengebrochen ist.

Und trotz der Schwere der Zeit hast du mich jeden Tag zum Lachen gebracht. Und in Flugzeugen meine Hand gehalten, weil ich vor dem Start immer panische Angst habe. Und im Auto endlos schmunzelnd auf mich gewartet, wenn ich nochmal in die Wohnung musste, weil ich etwas vergessen hatte. Und wenn meine Tochter Anna Hunger hatte, und Anna hat immer Hunger, bist du einfach zur nächsten Tankstelle abgebogen und hast ihr noch schnell etwas zu essen gekauft, auch wenn wir gerade einmal fünfhundert Meter von Zuhause entfernt waren. Außerdem hast du eine Woche lang ihre Liebeskummertränen aufgefangen und den Trennungsschmerz von meinen Freundinnen auch. Du hast Gregors Traumberuf unterstützt und unserer Enkeltochter Frida das erste Ballettkleid gekauft. Und mit ihrem Bruder Max bist du immer durch die Autowaschanlage gefahren, weil er das so mochte.

Anna hat einmal gesagt, dass wir eine lustige Familie sind, aber erst mit dir komplett wurden.

Deine Eltern waren schon tot.

Deine Mutter starb, als du gerade mal einundzwanzig warst und dein Vater ein halbes Jahr, nachdem wir uns verliebt hatten. Ich habe ihn nicht mehr kennenlernen können und seine zweite Frau auch nicht. Er war Japaner und sie wohnten 14 Flugstunden entfernt.

Ich sehe dich noch vor mir, wie erschüttert du warst, als die Polizei anrief und nach dir fragte und ich dir das Telefon gab. „Inge ist tot", hast du nach dem Telefonat traurig gesagt und auf deine Hände gestarrt. Und dass sie den Tod deines Vaters wohl nicht verkraftet hat und sich deshalb das Leben genommen hat.

Und tausend Mal hast du gesagt, wie froh du bist, mich zu haben, und durch mich eine Familie, eine richtige Familie, eine deine Familie. Und deshalb verstehe ich nicht, warum du jetzt weg bist.

„Du bist das Licht am Ende jeden Tunnels" steht auf dem Zettel, den du noch am Tag zuvor an den Spiegel im Flur für mich geklebt hast.

Seit zwei Wochen bist du jetzt in Alexanders Wohnung.

Als du zu Fridas Geburtstag kommst, sie wird fünf, erkenne ich dich kaum noch wieder. Du isst nichts und
außer dem einen Espresso, den dir David, Annas Mann,
bringt, trinkst du auch nichts. Und obwohl wir uns jeden
Tag kurz gesehen hatten, fällt mir erst heute auf, wie viel
du abgenommen hast.

Du sitzt auf dem Hocker mit dem Rücken an der Hei-
zung und starrst vor dich hin. Deine Augen sind irgendwie
anders, riesengroß und es sieht aus, als ob sie gleich wie
große Bucker auf den Teppich fallen. Die Kinder zu deinen
Füßen lassen dich in Ruhe und spielen ganz leise. Wie klug
sie doch sind. Und auf einmal springst du auf und musst
wieder los. Arbeiten.

Von Anfang an hast du viel gearbeitet, aber heute arbei-
test du vierundzwanzig Stunden. Wenn ein Kunde anruft,
musst du los. Kein Samstag, kein Sonntag, kein Urlaub,
keine Liebe ohne das verdammte Telefon. Nichts kann zu
Ende gebracht werden. Kein Morgen, kein Film, kein Gespräch, kein Streit, kein Plan, kein Traum, kein Schlaf, keine Nacht, keine Liebe. Nicht einmal ein verdammter Kuss.

Dein Burnout wunderte deshalb niemanden.
„Das war vorauszusehen" und „endlich nimmt sich Tom
mal Zeit für sich", sagen unsere Freunde.
Nur Georgia, die junge Puppenspielerin aus dem Nach-
barhaus, die ich mal auf einer Veranstaltung kennengelernt

habe und mit der man über alles reden kann, redet auf mich ein: „Du musst dich trennen. Sofort. Das geht nicht gut aus. Es wird nur noch um ihn gehen."

Während du dir Kliniken anschaust, suche ich nach allem, was mir helfen kann, dein Burnout zu verstehen.

Als ich die Symptome lese, bin ich schockiert. Schlafstörungen, Schuldgefühle, Angst, Sorgen, Schmerzen, Panikanfälle, Unlust, Reizbarkeit ... Das alles hast auch du. Und überall steht, dass die Partner keinen Druck machen sollen. Schon eine einzige Frage könnte zu viel sein. Aber darüber, wie es ihnen, also den Angehörigen mit den vielen unbeantworteten Fragen ergeht, finde ich nichts. Frau, Mann, Sohn, Tochter, Eltern, Freund. Nirgendwo steht, was diese Krankheit mit ihnen macht. Nirgendwo steht, was aus uns werden wird. Nirgendwo.

Vielleicht sollten wir ein gemeinsames Buch schreiben, denke ich. Ich halte dich. Du mich nicht, ist der einzige Titel, der mir einfällt und dann werde ich wütend und schreie und schmeiße all die Bücher und Zettel runter und dann werde ich bockig und jammere und dann weine ich zum ersten Mal so richtig und dann fällt mir der Tod des Fußballers Robert Enkes ein.

Wir haben zusammen auf dem Sofa gelegen und seine Frau im Fernseher gesehen. Weißt du noch? Wie sie gesagt hat, was sie immer dachte?

Liebe heilt.

Man ist nie ganz depressiv, hat mir Klara erklärt, meine
beste Freundin, mit der du jetzt auch immer öfter telefo-
nierst. Es ist immer nur ein Teil von uns, hat sie gesagt und
jeder trägt ihn in sich. Als ich darüber nachdenke, liege
ich in einem WG-Zimmer in Warschau. Ich bin mit Anne
mitgefahren, zu ihrer Tochter, die dort studiert.

Es ist Ostern und es regnet die ganze Zeit. In meinem
Zimmer hängt ein Plakat mit der Kerze von Gerhard
Richter. Es ist schön, das Plakat, die Kerze, der trom-
melnde Regen draußen und die Ruhe und das Kichern
der jungen Frauen dazwischen und das Wegsein und
trotzdem die Nähe zu dir. Ich liege unter der Kerze und
frage mich, wie viel Burnout du dann wohl hast. Und was
er wiegt, wenn man ihn wiegen könnte und ob er immer
bei dir ist und ob er sich lustig macht über uns und wie
schön es ist, dass du manchmal noch lachst und wie es dir
geht und wie es dir ohne mich geht und ob es je wieder
aufhört.

Manchmal habe ich nämlich Angst, dass es noch schlimmer wird, weißt du? Aber manchmal auch, dass es besser
wird, weil ich dann immer noch nicht weiß, was eigentlich
los ist und dass es dann vielleicht die Ruhe vor dem Sturm
ist.

Ich bin ein bisschen stolz auf mich, dass ich in Warschau
bin und dir damit Raum und Zeit lasse, also das, was du
dir von mir gewünscht hast. Aber ehrlich gesagt, bin ich
nur weggefahren, damit du wieder bei uns zu Hause sein

musst. Und das musst du, denn da ist noch unsere Katze Minus, die dich auch braucht und Futter.

Und dann stelle ich mir vor, wie es gewesen wäre, ich hätte zwar gesagt, ich fahre mit Anne mit, wäre aber Zuhause geblieben und hätte mich hinter dem Kratzbaum neben der Katze versteckt. Ich stelle mir vor, wie du mich dann entdeckst und wir uns beide darüber tot lachen. Ich als Katze.

Doch so oft ich mir das auch versuche auszumalen, du schaust nie zu mir. Du starrst immer nur an die Decke.

Als wir aus Warschau zurückfuhren, regnete es immer noch. Wo hat der Himmel das ganze Wasser her, habe ich gedacht. Es regnet und regnet, es regnet schon eine Woche lang.

Zuhause fand ich einen, nur für mich gedeckten Tisch vor. Zehn erste Erdbeeren, ein Stück Quarktorte, heißen Tee, Tulpen. Dich nicht. Ich stand da und habe geschluckt, aber meine Tränen liefen trotzdem. Ich wollte doch tapfer sein. Und dann war mir plötzlich so kalt und ich habe mich einfach in unserem Bett verkrochen.

Am nächsten Morgen habe ich immer noch gefroren. Ich war nicht in der Lage, aufzustehen. Kannst du dir das vorstellen. Also blieb ich einfach liegen und habe deine Nummer gewählt. Aber du bist, wie schon am Abend zuvor, nicht ans Telefon gegangen. Und dann war auf einmal diese Angst da, die anfing zu fragen, Wieso. „Du brauchst doch keine Angst zu haben", hast du später gesagt, „es geht nicht um unsere Beziehung. Es geht einfach mal nur um mich."

Natürlich bin ich wieder aufgestanden. Ich stehe immer wieder auf. Ich habe einen Artikel fertig geschrieben, meiner Tochter Anna im Büro geholfen, bin mit Freunden auf eine Demo gegangen und am nächsten Tag mit den Kindern ins Museum. Und zum Friseur, weil wir verabredet sind.

Als ich dich dann in unserem Café traf, konnte ich plötzlich nicht mehr sprechen. Ich hatte gehofft, dass das zusammen woanders sein, uns ein bisschen beschwingt und ruhig macht.

Ich werde meinen Kopf an deine Schulter lehnen, habe ich mir vorgestellt, während du deinen Espresso trinkst, und meine Augen schließen und dem die-Welt-ist-schön-Sound lauschen, den das Geklapper von Geschirr und das Gemurmel an den anderen Tischen jedes Mal in mir auslöst. Ich werde deinen Geruch wiederhaben, ein bisschen Tabak, mit einem Hauch Italien und Bergamotte, gemischt mit einer Essenz vom Aufwachen und einem kleinen Stückchen Blau vom Himmel, wenn ich ihn beschreiben müsste.

Aber du bist unerreichbar weit weg, obwohl wir nebeneinander sitzen. Also sitze ich da und höre dir zu. Du sagst, du fühlst dich nicht mehr, du fühlst überhaupt nichts mehr, du hältst es kaum noch aus. Und dann erzählst du ein bisschen von deiner Arbeit und plötzlich, dass du das perfekte Haus gefunden hast. „Ein Haus für uns", frage ich naiv. Mehr fällt mir nicht ein. Sonst habe ich immer so viele Fragen, sie treffen mich manchmal wie Walnüsse, die nach einem Windstoß vom Baum donnern. „Nein, ein Hochhaus mit einem Glasvordach über dem Eingang", erklärst du mir und als ich immer noch nicht verstehe, wovon du redest, sagst du mir, dass du an Selbstmord denkst.

Und dass ein Glasvordach dir den sichersten Tod verspricht, weil du dann zwei Mal aufschlagen würdest.

Und dann sprichst du nicht mehr weiter und der Kaffee kommt und ich ersticke fast.

Ich könnte nie von einem Dach springen.

Vielleicht läuft gerade eine Mutter mit ihrem Kind fröhlich aus dem Haus oder man landet neben einem Fußball oder in einem Kinderwagen.

Und in der Nacht? Vielleicht will nachts gerade jemand zu den Sternen sehen oder ein Papa muss mit seinem Baby auf dem Arm auf- und abgehen, um es zum Schlafen zu bringen und er schaut nur einen klitzekleinen Moment zum Fenster und dann dir in die Augen. Während du vorbei nach unten fliegst.

Schweißgebadet wachte ich mit all diesen Gedanken am nächsten Morgen auf. Ich fühlte mich wie ein alter Lappen nach dem Schleudergang, ausgelaugt und orientierungslos. Kann nicht mal jemand kommen und mich wieder in Form ziehen, ein bisschen halten und an die Sonne bringen?

Klara sagt am Telefon, dass es vielleicht gut wäre, deinen Todeswunsch ganz rational zum Thema zu machen. Also frage ich dich ein paar Tage später, während du am Fenster stehst und rauchst, wie du dir das so vorstellen würdest mit deinem Sterben und wo ich dich dann begraben soll und wie.

Deine Zigarette ist schon lange aus, aber du hast immer noch nicht geantwortet. Du stehst immer noch da und starrst in den Garten. Auf einmal drehst du dich zu mir um und schaust mich lange an und dann wieder weg. Du siehst so unendlich erschöpft und traurig aus, wie ein alter Mann, dem die Frau gestorben ist. Ich geh hin zu dir, lege meine Wange an deinen Rücken und umarme dich. Plötzlich drehst du deinen Kopf ein bisschen und dann flüsterst du zu mir nach unten: „Ich gehöre auf keinen Friedhof, Bella. Niemals, nein. Und auch nicht in den Himmel oder in die Hölle."

Erst denke ich, ich hätte dich nicht richtig verstanden, aber es ist nur meine Verblüffung über das, was du sagst. Es ist so weit weg von allem, von dem mir vorher ausgedachten Möglichen. Ich bin froh, dass ich die Arme von dir genommen habe, so fällt mein Aufgewühltsein nicht so auf. „Und wohin dann?", frage ich genauso leise nach und hoffe, dass du sagst, du willst doch gar nicht sterben, du willst zu mir, zu uns, nach Hause. Aber deine Antwort ist anders, ganz anders, als man sie sich vorstellen kann.

„Ich gehöre in einen Gully", sagst du, „ich bin nichts weiter als Dreck." Und dann weinst du. Auch ich weine, aber da bist du schon gegangen.

Danach liege ich auf dem Sofa. Einfach nur so, ganz ausgestreckt. Meine Beine wachsen immer länger, über das Sofa hinweg bis in den Flur hinaus. Ich bleibe lange dort. Niemand will mit mir ins Bett. Kein Telefon klingelt nachts. Und am Tag auch nicht. Der Duschkopf hängt tiefer. In meiner Höhe. Ich brauche nicht kochen und nicht einkaufen zu gehen. Ich brauche nicht zu warten und mich nicht länger zu freuen. Ich brauche nichts mehr. Ich brauche eigentlich auch nur noch Eines - selber sterben.

Ich weiß, dass ich mit der Welt verbunden bleiben muss, um nicht verrückt zu werden. Um nicht endlos um dich und um deine Krankheit zu kreisen und als Halt auf dem neuen dünnen Boden mit den vielen Falltiefen und den aufgeweichten Wegen, auf denen ich jetzt zurechtkommen muss und die auch noch mitten durch einen dunklen Wald führen, wo es neuerdings gefährliche Glasdächer gibt und um nachts nicht zu verzweifeln, denke ich mir Überlebensprojekte aus.

Ich beginne, indem ich jedes Wort aufschreibe, was ich am Morgen als erstes höre. Es ist eine wirklich gute Aufgabe; denn niemand spricht ja mit mir, wenn ich wach werde. Ich muss also aufstehen und das Radio einschalten und kann nicht einfach liegenbleiben, so sehr mir danach ist.

Krankenhaus. Atomkraftgegner. Tsunami. Rechtsanspruch. Absage. Verluste. Jobbeschreibung. Inversion. Eurokrise. Apfel. Jucken. Virusübertragung. Einspurig. Autodieb. Geldanlage. Mauer. Schnee. Auslandseinsatz. Bombe. Boston. Bodenpersonal. Warnstreik. Müllbeobachter. NPD-Verbot.

Das waren die Wörter allein vom Februar. Verrückt, was? Verrückt zu werden, ist vielleicht gar keine so schlechte Idee.

Im nächsten Monat habe ich dann alle ersten Worte aufgeschrieben, die meine eigenen beim Aufwachen waren, also die, die mir als erstes in den Sinn kamen.

Hilfe. Tonnenschwer. Fußbad. Schnee. Nein. Horror. Allein. Hoffnung. Aufstehen. Weiterschlafen. Hilfe. Titanic. Allein. Grau. Regen. Blau. Fenster. Herrlich. Aspirin. Katze. Gott. Siebenuhrelf. Sonne. Facebook. Aufstehen.

An dem Morgen, als „Hopp, hopp" mein erster Gedanke war, hast du angerufen und gesagt, dass du heut nach Hause kommen und über Nacht bleiben wirst. Du musst wissen, wie sich das anfühlt, nur wir. Nur wir, wir wie früher. Nach neun Wochen.

Ich wollte dich auch schon besuchen, abends, dort, in Alexanders Wohnung, die am anderen Ende der Stadt liegt. Ich wollte ein Picknick mitbringen und wir hätten Urlaub spielen können. Aber nie hatte ich die Kraft dazu. Meine Füße werden immer zu Beton, wenn ich nur daran denke.

Annas Kinder sollen schon weg sein, wenn du nachher kommst. Das sind sie auch, aber der Sandkastensand aus Max Hosenaufschlag liegt noch im Bett und Fridas rote Kicherbrause steht angefangen auf dem Küchentisch. „Wie dreckig das hier ist", schimpfst du und fängst an zu putzen.

Ich kenne diese Anfälle von dir. Manchmal sortierst du den ganzen Besteckkasten, legst die Löffel in Löffelchen-Stellung hin oder putzt über Stunden unser sechs Quadratmeter Bad und danach dich selbst. Ich weiß, dass du das von Zeit zu Zeit brauchst, dass du als Kind, wenn du Stress hattest oder deine Mutter dein Regal umgekippt hat, stundenlang aufgeräumt hast. Aber du hast noch nie über etwas bei uns geschimpft und noch nie etwas Schlechtes über mich gesagt. Noch niemals.

Erschreckt mache ich mit, räume schnell alles weg, mich auch, und schüttle zum Schluss das Bettlaken aus dem

Fenster. Danach ist meine Knirsch-Schiene verschwunden. Also gehe ich runter in unseren Hausgarten und suche im Blumenbeet. Vielleicht hatte ich sie mit dem Sand dahin befördert. Ich muss lachen, bei der Vorstellung, wie sie unsere Nachbarin Martina beim Unkrauthacken findet. Doch die Schiene blieb verschwunden und als ich wieder zurück in der Wohnung bin, schimpfst du noch mehr, weil jetzt weitere dreihundert Euro im Arsch wären oder meine Zähne, wenn ich mir nicht eine neue Schiene machen lasse. Und wie viel du noch arbeiten sollst für das alles.

Später entschuldigst du dich für die schwere Zeit, die wir gerade durchmachen. Und am Morgen liegst du immer noch neben mir. Ich bewege mich nicht.

Als du dann wieder gehst, rutscht mein Herz ab und reißt meinen Verstand mit. Die Frau in mir ist sofort begraben. Ich möchte mich hinschmeißen und jammern, blöd eigentlich, was? Warum bin ich so, schließlich bist du es doch, der krank ist, aber irgendetwas in mir ist in ewiger Unruhe. Ich will endlich wissen, was mit dir ist, was uns passiert, was dein Arzt sagt. Ich will wissen, wo du bist, wo du dich am Abend hinlegst und ob du nachts zu unserem Stern schaust und mit ihm redest, wie wir das sonst immer zusammen gemacht haben.

Das will man doch wissen, wenn man sich liebt, oder? Man will beruhigt sein, im Gleichgewicht und auf dem Weg. Also, ich will das. „Bitte, bitte, bitte bleib", möchte ich sagen oder „bis heute Abend" und dir den Schal zurechtrücken. Ich möchte dir hinterherrufen: „Ich bin auch krank! Ich habe Krebs, einen Bandscheibenvorfall, nein zwei und eine schlimme Schilddrüsenverfallserscheinung und einen Herzinfarkt. Und in fünf Minuten werde ich tot sein."

Nichts von dem tue ich. Nichts von dem ist wahr. Aber ich fühle mich genauso.

Am Abend esse ich also wieder allein. Das Fenster ist auf und dein Platz leer. Es ist alles da: ein Tellerchen, ein Messerchen, ein Gäbelchen, ein Becherchen, ich. Nur keine sieben Zwerge weit und breit. Nicht mal ein einziger. Ich beiße von der Tomate ab, vom Brot, das Trinken geht schon nicht mehr. Ich muss schon wieder weinen.

Die Katze schaut. Sie schaut, als ob auch sie sich das Leben nehmen will. Ich streichle sie. Ob ich ihr deinen Namen gebe? Oder vielleicht „Schatz"? Dann könnte ich rufen: „Schatz, komm her". Vielleicht sollte ich für sie mit decken? Nein, ich werde sie frei lassen. Besser mit Herzklopfen auf der Straße ums Überleben gekämpft, als das hier mit ansehen.

Vielleicht sollte besser ich auf die Straße rennen. Vielleicht.

Jeden Morgen rufst du jetzt an, wenn du siehst, dass ich mein Telefon wieder angeschaltet habe und irgendwie schaffst du es dann immer noch, mich zum Lachen zu bringen.

Wenn du später vorbeikommst, denn unser Keller ist dein Lager, ist das anders. Du bist dann schon mindestens das erste Mal erschöpft, hast deine Umsatzzahlen im Kopf und Stress. Nach dem Keller bringst du die Post hoch, gehst auf die Toilette, ins Internet, rauchst am Küchenfenster deine Zigarette, gibst mir einen Kuss aufs Haar, nimmst die Mülltüte und gehst. Ich fühle mich dann wie eine alte Frau zu der der Pflegedienst kommt.

Ich sehe dich also jeden Tag. Aber heute siehst du schlechter aus denn je. Du wiegst, wenn du Glück hast, vielleicht noch fünfzig Kilo, rauchst immer hektischer und redest immer mehr vom Sterben.

Ich frage mich, wie das weitergehen soll. Alle fragen sich das, alle wollen dir helfen, dir etwas abnehmen, aber du willst es nicht. Sämtliche Vorschläge schmetterst du ab. Ob wir dir auch noch das Letzte, was du hast, deine Arbeit, wegnehmen wollen, ist immer deine Antwort. Und ob wir nichts zu tun hätten.

Neuerdings ziehst du auch nicht mehr deine Schuhe aus, wenn du Zuhause bist. Taack, tack, tack, tack, taack – ist alles, was von dir zu hören ist, neben den immer knapper werdenden Antworten. Mittlerweile habe ich gelernt, sie zu entschlüsseln.

MAL SEHEN ist der Code für NEIN.

SOLL ICH DIR MORGEN BRÖTCHEN MITBRINGEN für ICH KOMME HEUTE NICHT VORBEI.

ICH HABE KEINEN PLAN heißt ES GEHT SO WEITER.

WIRD SCHON WERDEN bedeutet ICH WILL NICHT WEITER DARÜBER REDEN.

Und JAJA heißt, Leck mich am Arsch. Das hat mir meine Mutter beigebracht.

Und der Kühlschrank ist leer. Wie ich. Ich knabbere die letzte Mohrrübe an und lege sie auf die Waschmaschine. Ich kann machen, was ich will.

Heute ist dein Geburtstag. Du hasst diesen Tag. Er erinnert dich an deine Kindheit. Deshalb willst du weder feiern, noch gefeiert werden, du willst keine Geschenke und am allerliebsten gar nicht erst geboren worden sein. Schon deshalb will ich dir zeigen, wie viel du mir bedeutest. Ein Mal habe ich einfach alle Freunde eine Woche später eingeladen. Ein anderes Mal sind wir nur zu zweit ausgegangen. Oder wir wollten ins Kino und haben davor noch schnell Pommes essen wollen und zufälligerweise waren die Kinder auch da. Oder wir sind verreist. Über Nacht nach Italien, eine neue Sonnenbrille kaufen. Solche Sachen eben. Und jedes Mal hast du dich dann doch gefreut.

Aber für dieses Jahr fällt mir nichts mehr ein, wirklich rein gar nichts, bis ich in einem Geschäft diese Halskette sehe. Ich kaufe sie, für mich von dir, zu deinem Geburtstag. In dem Anhänger, eine Art Medaillon, sind, neben ein paar Sternen, vier Buchstaben eingehämmert - RLNH.

REAL LOVE NEVER HURT.

Ich trage die Wahre-Liebe-wird-niemals-weh-tun-Kette, als du am Nachmittag kommst. Aber sie hilft nicht.

Unsere Enkelkinder sind schon da, als du kommst. Sie sind die einzigen Gäste, die du zugelassen hast und seit Tagen aufgeregt, weil sie dich endlich wiedersehen dürfen.

Frida hat sich zurechtgemacht wie ein Popstar und eine Bühne gebaut. Sie hat gepunktete Tücher um die Hüfte gebunden und eine Mütze auf, unter der ihre langen blonden Haare hervorschauen. Und dann fängt sie an zu singen und zu tanzen, wie für ein Millionenpublikum. Und doch ist es nur für dich. Die Stehlampe ist das Mikrofon und ihr kleiner Bruder Max schaut ganz stolz zu ihr hoch. Er darf die Musik dazu machen, auf dem blauen Spielzeug-Akkordeon, das ich schon als Kind hatte. Und dann stürmen sie auf dich los und wollen mit dir toben. Aber dein Handy leuchtet auf und du gehst in die Küche, um zu telefonieren.

„Wo ist denn Opa", fragen Frida und Max mich ständig. „Opa arbeitet." „Er ist beim Arzt." „Er hat Bauchschmerzen." „Bestimmt hat er Tschüss gesagt, wir haben das nur nicht gehört." Die Erklärungen gehen mir aus. Ich verlange eine von dir. Und dann sagst du es ihnen: „Opa geht es nicht gut. Er braucht deshalb ein bisschen Zeit für sich. Das kennt ihr doch auch, einfach mal allein sein. Einfach mal Ruhe haben. Opa wohnt deshalb für ein paar Tage in der Wohnung von einem Freund. Und weil der Freund nicht da ist, kann Opa für sich sein." Die Kinder gucken dich mit großen Augen an. Und du musst los.

Als die Tür zuschlägt, steht Max dahinter und winkt; immer, immer weiter und flüstert: „Tschüss Opa." Und dann dreht er sich zu mir um und sagt: „Ich nicht weinen, stimmt's?"

Pfingsten sind wir immer zusammen mit unsren Freunden Carola und Henning weggefahren. Wir haben dann frischen Spargel gegessen, am Abend im Garten hinter einem süßen Ferienhäuschen und unterwegs frische Fischbrötchen in kleinen Fischerdörfern oder einfach Bockwurst am Strand und die ersten Erdbeeren im Auto. Wir sind an Rapsfeldern vorbeigeradelt oder zwischen Felsen hindurch geklettert oder haben im Meer gebadet. Manchmal haben wir uns vor Lachen fast in die Hose gepinkelt. Weißt du noch, wie ihr zwei Männer als Paar mit Carolas Handtäschchen durch die Gassen spaziert seid oder als wir vier mitten auf einer Dorfstraße Tennis gespielt haben und die Bälle in die Gärten geflogen sind? Und die Dorfbewohner sind schmunzelnd stehengeblieben und haben uns die Bälle zurückgebracht. Am liebsten hätten sie mitmachen wollen.

Zehn Jahre lang war das so. Dieses Jahr wird anders. Du kannst erst später kommen. Und dann kommst du gar nicht.

Ich hatte schon die ganze Nacht unruhig geschlafen und war sehr früh wach geworden. Deine Nachricht habe ich noch im Bett gelesen. Danach war ich im Bad und dann habe ich den Frühstückstisch gedeckt. Das Hausboot schaukelte vor sich hin, ich habe mich nach draußen gesetzt und einen Tee getrunken und auf das Ende vom Wasser gestarrt. Ich habe keine Antwort gefunden. Weißt du, manchmal denke ich, dass es mit der Wahrheit komplizierter ist, als mit dem Horizont. Wenn man einen Schritt auf sie zumacht, entfernt sie sich nämlich zwei.

Meine Freundin saß auf der Toilette, als ich wieder ins Bad kam. Sie bückte sich gerade nach vorn, als ich die Tür aufmachte. „Oh, sorry", entschuldigte ich mich, „ich habe gar nicht mitbekommen, dass du schon aufgestanden bist." „Schau mal hier", hat Carola gesagt und mir ein Büschel Haare hingehalten. „Haare. Wie abgeschnitten. Sie lagen hier auf dem Boden. Sind die von dir?"

Und dann fanden wir die kreisrunde kahle Stelle auf meinem Kopf.

Unser Leben hatte immer schöne Gesetze:

Ich stehe erst auf, wenn ich ein Mal von dir zum Lachen gebracht wurde.

Abends gehen wir zusammen ins Bett und dann sagst du, dreh dich um, ich will mich ankuscheln.

Wenn wir nicht verreisen, verbringen wir den Samstag, wenn du von deiner Arbeit zurück bist, gern schön verbummelt nach einem kleinen Stadtspaziergang auf dem Sofa.

Und am Sonntag stehen wir erst einmal gar nicht auf... Danach schauen wir Fernsehen. Formel Eins oder einen Liebesfilm.

Also alles ganz normal, wie bei anderen Paaren auch. Sonntag ist nichts, außer so etwas.
Und wenn das nicht mehr so ist, ist das Leben vorbei.

So ist das heute. Heute ist Sonntag. Und unser Jahrestag, also der, an dem ich dich auf der anderen Straßenseite wiedergesehen habe, und ich weiß nicht, ob du kommst. Und wenn ja, wann du kommst. Ich weiß nicht, ob heute schon jemand in der Stadt für dich gehupt hat. Ob du Rosen für mich hast oder ein klitzekleines Gänseblümchen und ob dein Kuss mich kitzeln wird. Oder meiner dich.

Ich habe Angst, dass du mich nicht mehr leiden kannst. Albern, was? Was für dummes Zeug man denkt.

Spätestens Dienstag willst du es schaffen, wieder zu Hause zu sein, sagst du. Oder Mittwoch oder Donnerstag oder, oder, oder. Oder. Und am Tag X sagst du dann, dass du später anrufst. Und später, dass du es nicht schaffst. Aber, dass du dir nichts mehr wünschen würdest, als wieder ein ganz normales Leben mit mir.

Wir haben jetzt jede Woche mindestens zwei solcher X-Tage. Ich gewöhne mich daran. Auch, dass du manchmal ganz plötzlich vor mir stehst, wie gestern, mit zwei Äpfeln in der Hand.

„Für dich von Alexander."

„Sicherlich nicht, bestimmt waren die für dich."

„Nein, nur für dich."

„Ach, bitte Schatz, du kennst das doch mit dem einen Apfel am Tag. Hast du heute überhaupt schon etwas gegessen?"

„Nein. Und gestern auch nicht, den ganzen Tag nicht."

„Ich mache dir was, ja?"

„Nein. Ich will nichts in meinem Körper haben."

„Warum nicht?"

„Ich habe Albträume."

„Was für Albträume?"

„Das es soweit ist."

„Das was so weit ist?"

„Eine Stimme in mir sagt mir, dass ich es jetzt tun soll. Das ich jetzt mein Leben beenden soll."

„Und dann?"

„Dann wache ich auf, esse einen Kinderschokoriegel und rauche eine Zigarette."

„Wann warst du denn das letzte Mal bei Doktor Balan?

Weiß er davon? Du musst unbedingt mit ihm darüber sprechen, ja?"

„Mal sehen."

Doktor Balan weiß also nicht, wovon du träumst. Aber er ist jetzt dein Therapeut, nicht mehr unserer, so wie früher. Also versuche ich, mich rauszuhalten und kümmere mich nicht darum. Ich habe schon lange ganz andere Sorgen und rufe endlich Alexander an. Ich bedanke mich bei ihm für die Äpfel und hole so tief Luft, dass ich einen ganzen See hätte einatmen können und stelle dann die Frage aller Fragen: „Wie lange kann Tom denn noch in deiner Wohnung bleiben?" Wenn ich ganz ehrlich wär, müsste ich fragen: Stimmt es, dass Tom bei dir ist? Mein Herz klopft wie verrückt, doch anscheinend gibt es keinen Grund dazu. Ohne mit der Wimper zu zucken, antwortet Alexander.

„Tom kann bleiben, solange er will. Er hat ja einen Schlüssel. Aber sag mal, wie oft ist er denn noch bei dir?"

Ich antworte nicht.

Endlich warst du bei Doktor Balan. Seitdem geht es dir besser. Du willst etwas ändern, planst Urlaub für uns und schaust dich nach einer anderen Arbeit um.

Dein erstes Vorstellungsgespräch hast du in der Nähe von München. Als ich nach Hause komme, ist deine Anzughose weg, aber dein Jackett ist noch da. Es sieht verloren aus, so neben dem leeren Hosenbügel.

In der Nacht träume ich, du bist ein riesengroßer gelber flattriger Ballon am Himmel. Er tanzt immerzu vor der Sonne, mal blendet sie, mal wieder nicht und seine lange Schnur ist an meinem Herzen festgemacht.

Als du am nächsten Abend zurückkommst, bleibst du über Nacht und hältst mich im Arm. Sieben Stunden lang. Dann klingelt der Wecker. Gegen Mittag tauchst du wieder auf, mit einem völlig stumpfen Blick. Du läufst hin und her und schimpfst über dich. Über das Wochenende. Das völlig sinnlos rausgeschmissene Geld. Über das Telefon, dass ständig klingelt. Über die Kunden, die immer etwas wollen.

Dann läufst du in völliger Panik davon, um kurze Zeit später am Telefon zusammenzuklappen. „Ich bekomme keine Luft, Bella. Niemand kann sich vorstellen, wie das ist. Niemand, wie es mir geht. Ich weiß nicht, was ich noch tun kann. Ich kann nicht mehr und will auch nicht mehr", und dann sagst du auf einmal ganz ruhig, „ich werde alles beenden."

„Was wirst du beenden", frage ich irritiert durchs Telefon.

„Mein Leben."

„Dein was? Dein Leben? Wieso? Das willst du doch gar nicht", höre ich mich plötzlich schreien, „du willst doch eigentlich, dass das Leben, dein Leben wieder anfängt. Dass du wieder d e i n Leben hast. Das sagst du doch immer!", und dann werde ich auf einmal ganz ruhig, „bitte geh doch in ein Krankenhaus. Bitte, Schatz. Doktor Balan hat dir das auch nahe gelegt. Nimm dir die Zeit. Lass dich auffangen."

„Ich kann nicht in ein Krankenhaus. Nicht noch mal. Das weißt du."

Und dann fängst du bitterlich an zu weinen und hörst nicht mehr auf.

„Liebling, bitte sage mir, wo du jetzt bist. Bitte sprich mit mir. W o b i s t d u g e r a d e ? Bitte! Sage es mir. Bitte. Du solltest in so einer Situation nicht alleine sein."

„Jetzt nicht", schluchzt du, „das andere Telefon klingelt" und legst auf.

Danach versuche ich doch, Doktor Balan zu erreichen. Ich will wissen, was ich noch tun kann. Aber es springt nur der Anrufbeantworter an, und ich hinterlasse eine Nachricht.

Klara erreiche ich sofort. Nach gut einer Stunde mit ihr weiß ich, egal, was auch immer passiert, ob du dich umbringst oder nicht, es ist für dich richtig. Ich muss das akzeptieren.

Dann ruft Doktor Balan zurück. Ich versuche ihm deine

Situation zu erklären, deine Panik, deine Gefühlsausbrüche, deine Suizidgedanken. Und obwohl ich alles gerade mit Klara besprochen habe und für mich verstanden hatte, fange ich plötzlich an zu heulen. Ich weiß nicht mehr weiter, das ist die ganze Wahrheit. Es geht um mich. Es ist meine Notsituation. Deshalb wollte ich den Doktor sprechen. Und deshalb hat er zurückgerufen. Er hat es schon beim Abhören meiner Nachricht gewusst.

Unter Tränen versichere ich ihm, dass es mir gut geht. „Machen Sie sich bitte um mich keine Sorgen. Und entschuldigen Sie, dass ich weine", schluchze ich. Seine Worte trösten. „In meinen Kreisen muss man sich dafür nicht entschuldigen. Und ich mache mir auch keine Sorgen um die, die weinen. Ich mache mir Sorgen um die, die nicht weinen können."

Am Abend meldest du dich endlich. Es geht dir wieder besser. Aber es ist dir peinlich, dass du so geweint hast. „Jetzt weißt du, wie es mir geht." Ich bin fix und fertig und werde innerlich immer wütender. Was, verdammt, willst du mir wirklich sagen? Und wieso heule ich für dich den Arzt voll? Und was zum Teufel machst du eigentlich in deinem Versteck? In Alexanders Wohnung? Es ist ein wirklich genialer Einfall von dir. Denn so bist du einfach mal weg. Und ich lebe unser Leben. Eigentlich deins, meins verschwindet immer mehr. Wenn du richtig ausgezogen wärest, hätte ich Klarheit. Du bist ausgezogen. Könnte ich sagen. Zack. Fertig. Alles klar.

Aber all das sage ich dir nicht. Ich kann dir das nicht sagen. Angehörige sollen keinen Druck machen, hämmert es in meinem Kopf. Es würde dich in deiner jetzigen Verfassung nur noch mehr umhauen, wenn ich etwas sagen würde. Du würdest es nicht verstehen. Du würdest nur wieder verstehen, dass dich niemand liebt, dich niemals jemand geliebt hat. Denn neben deiner Krankheit hast du noch einen schweren Stein zu schleppen.

Du bist ein Heimkind. Manchmal kann ich mir richtig vorstellen, wie das für dich gewesen sein muss, als du dahin gebracht wurdest.

Du warst da gerade einmal elf Jahre alt und hattest schon ganz traurige Augen. Augen, die immerzu schauten, ob auch ja kein Fleck auf dem Hemd ist. Man kann es sehen. Eines von deinen wenigen Fotos, die du besitzt, um genau zu sein, eines von fünf, zeigt dich an diesem Tag.

Es war noch früh, früher als sonst, aber die Straßen waren schon voller Menschen und du dazwischen. Du musstest dich beeilen, das wollten die Schritte neben dir. All die Schritte, dazu die Signale, rot da, gelbgrün, da schon wieder rot, das Hupen der Autos, das Schupsen in den Rücken. Weiter vorn konntest du deine geliebte Straßenbahn sehen. Aber du wusstest, es ging heute nicht mit ihr wie sonst in den Garten deiner Großeltern, wo der Apfelkuchen ein-, zweimal im Monat nur auf dich wartete. Wo du bei Regen im Türrahmen der Laube sitzen durftest und deine Füße in die warme Pfütze stecken konntest - und keine Dresche dafür bekommen hast. Wo es Tomatenbrote gab, nicht nur so viele wie du wolltest, sondern auch noch in kleine Häppchen geschnitten. Dort, im Türrahmen des kleinen Häuschens deiner Großeltern warst du glücklich. Du brauchtest nur zu rufen und das lachende Gesicht deines Opas war da und rief: „Sieh dir diesen süßen Kerl an, noch ein Tomatenbrot, Irma, er soll groß und stark werden."
Ich glaube, an jenem Tag, als du ins Heim gekommen bist, hast du aufgehört zu existieren. Bis heute willst du

kein eigenes Konto, dein Name darf nicht erwähnt werden, deine Geburtstage nicht gefeiert.

„All unsere Dinge gehören nur dir", sagst du immer, „ich brauche nichts. Nur dich."

Und Tomatenbrote.

Die Flut in Deutschland hält die Menschen auf Trab. Und du mich. Wieso eigentlich? Wieso denke ich immer über dich nach? Wieso nicht über mich? Wieso fahre ich nicht nach Wittenberg und fülle Sandsäcke? Wieso können das tausend andere und ich kann das nicht?

Dein Gesundheitszustand macht mir echt zu schaffen, und meiner auch. Meine gefühlten Krankheiten nur von heute sind: Tinnitus, Loch in der Lunge, Haarausfall, Kopfschmerzen, Sprachlosigkeit, Depression, hysterischer Lachanfall und Lähmung.

Klara sagt, ich mache es gut. Kann man das hier gut machen? Ich mache es, so gut ich kann, aber ich komme mir vor, als bereite ich mich auf eine Entbindung vor. Ich weiß, dass sie kommt. Ich weiß nur noch nicht, wann. Und ich weiß auch nicht, was. Was es wird. Was wird.

Seit vier Monaten liege ich allein in unserem Bett. Erst rechts, dann links, jetzt in der Mitte. Ich kann nicht schlafen. Ich versuche es mit Entspannung. Mit dem nächstem Atemzug machen Sie mit ihren Händen eine leichte Faust und heben die Unterarme an... ist der Text dazu. Also liege ich da, dämlich die Unterarme nach oben geklappt und die Hände zur Faust geballt, in der Mitte unseres Bettes und vergesse, sie wieder runterzunehmen.
Ich liege da und meine Angst wächst jeden Tag.

Ich überlege, wie die Grundängste der Menschen heißen. Ich glaube, ich habe sie mittlerweile alle.

Aber die größte von ihnen, meine allergrößte Angst ist die, die mir ständig zuflüstert: Wenn du dich jetzt bewegst, explodiert etwas. Du, er, unser Leben, die Welt. Und wenn das passiert, dann musst du rennen können.

Also bewege ich mich lieber nicht.

Die Praxis ist immer noch schön. In einem kleinen Glashaus gelegen, umgeben von ein paar Blumen, mit wilden Kletterrosen an der roten Ziegelsteinwand, versteckt sie sich im dritten Hinterhof einer alten Schokoladenfabrik. Ein Glashaus, habe ich beim ersten Mal gedacht, wie passend für eine Praxis für Eheprobleme. Wie passend für dich, denke ich heute, als mir unwillkürlich dein Glasdachwunsch in den Sinn kommt. Du stehst schon davor, als ich den Hof betrete und wirkst glücklich, als du mich entdeckst. Seit drei Jahren ist das der erste Termin zu zweit.

Wir kennen Doktor Balan beide. Ich hatte ihn irgendwann mal in einer Radiosendung gehört. Er hat mich sofort beeindruckt. Wie er über Probleme in Ehen sprach, wie er sie sah, wie er mit Paaren arbeitete. Deshalb sind wir zusammen zu ihm gegangen. Ich wollte das, damals, als du dich vor meinen Augen einmal selbst verletzt und deinen Kopf wie einen Basketball auf den Tisch geschlagen hattest.

Doktor Balan freut sich, mich wiederzusehen. Er fragt, wie es mir geht und dann, wie uns. Es entsteht eine kurze Pause, als er für uns Tee zubereitet. Ich schiele zu dir hinüber. Du sitzt etwas nach vorn gebeugt im Sessel, zwei Meter von meinem entfernt. Du hast die Ärmel deines weißen Hemdes hochgekrempelt und die Hände gefaltet. Dein Ehering mit meinem Schriftzug ist zu sehen. Er ist so schön.

Doktor Balan setzt sich wieder in den grünen Sessel uns gegenüber, der ein wenig näher bei dir steht. Er holt kurz

Luft und schlägt die Beine übereinander. Als erstes spricht er über dein Krankheitsbild und dann erklärt er mir, warum es wichtig ist, dass du alle Zeit bekommst, die du jetzt brauchst und dass das sicherlich uns beiden gut tun wird, auch wenn wir das grad vielleicht noch nicht so sehen können und dass, wenn du kein Burnout hättest, mit hoher Wahrscheinlichkeit ich daran erkrankt wäre.

Ich verstehe ihn. Und ich verstehe das. Und trotzdem verstehe ich es nicht.

Und dann geht es plötzlich um Verluste. Ich weiß nicht, warum Doktor Balan damit noch anfängt, die Stunde ist fast vorbei, vielleicht wollte er uns noch einen Trost mitgeben. Aber meine Tränen laufen schon, bevor du sprichst. Sie laufen mir die Wangen hinunter, wie ein leises Lied, ein Rinnsal am Berghang, wenn der Schnee schmilzt. Und dann erzählst du ihm von Charlie.

Wir hatten noch niemals jemanden davon erzählt. Ich war in der zehnten Woche schwanger, als ich sie an einem Montag verloren habe. Es war Heiligabend. Und du warst nicht da. Am Samstag davor waren wir noch im Kino gewesen. Sweet Home Alabama. Wir wollten ganz gemütlich unser erstes Weihnachten einläuten. Am Vormittag hatten wir noch schnell die bestellte Gans abgeholt und ein paar Dinge eingekauft. Kerzen und Wein, kleine Geschenke im Vorübergehen und den Weihnachtsbaum. Wie wir ausgesehen haben. Postkartenreif, so dick eingemummelt und bepackt auf unserer Vespa mit der Tanne an der Seite unterm Arm und meiner Nase an deinem Schal. Im Kino kuschelte ich mich an dich und plötzlich hast du gesagt: „Mein Vater liegt im Sterben."

Weißt du noch? Wie konnten wir den Film überhaupt zu Ende schauen? Wie war das möglich? Ich weiß nur noch, dass ich völlig geschockt war. Und dann hast du dich um dein Visum gekümmert und bist am Montagmorgen nach Tokio geflogen. Vier Stunden später haben bei mir die Blutungen eingesetzt. Nach der Bescherung unter dem Weihnachtsbaum bin ich, als die Kinder wieder weg waren, ganz allein durch die puderzuckerstille Stadt, vorbei an all den Fenstern mit den leuchtenden Sternen und Lichterketten ins Krankenhaus gefahren. Am ersten Feiertag wurde ich operiert. Als ich aufwachte saßen meine Freundinnen Linda und Katharina da und hielten meine Hand, unter der noch zwei Tage zuvor Charlie versucht hatte zu wachsen.

Mitte Januar bist du wiedergekommen, krank und fiebrig. Du hast dich ins Bett gelegt und halluziniert. Dein Vater war tot. Und Charlie auch. Und doch ist sie immer bei uns. „Hast du Charlie gesehen?" „Holst du sie nachher aus dem Kindergarten ab?" „Sag ihr, sie soll aufstehen." „Heute wäre sie neun Jahre alt."

„Warum bist du nur so spät ins Krankenhaus gegangen Bella."

Nach der Therapiestunde bei Herrn Balan standen wir unter den Rosen der Praxis. Du hast meine Tränen weggeküsst und dann mich.

Ich bin eine Seemannsbraut und mein Mann ist der Kapitän und ich schwimme auf dem Ozean der Gefühle. Mal sehen, was er beim nächsten Mal mitbringt, habe ich gedacht, als ich wieder allein in unserem Bett lag, und dass manche Wörter doppelte Bedeutung haben. Verlassen zum Beispiel. Und Sorgen. Und Halten und Eintreten und Reifen. Oder Gelassen und Abgespielt. Brechen. Grund. Platz. Arme. Irre. Passen. Und außer mir.

Am nächsten Tag bin ich ausgegangen. Allein. Ich hatte keine Eintrittskarte für das Festival, ich habe einfach mein Fahrrad genommen und bin da hingefahren. Ich habe mich zu den tausend anderen auf die Straße davor gesetzt und der Musik gelauscht. Wie schön das war, das Glück der Menschen. Und der leichte Wind im Haar. Und das Sonnenlicht über dem Dom. Wie gern hätte ich gehabt, dass du genau in diesem Moment angerufen hättest.

Das hast du aber nicht. Und ich habe dir auch nichts davon erzählt, als wir uns das nächste Mal sahen. Du hattest eine neue Hose an. Aber ich konnte mich nicht darüber freuen, so sehr ich mich auch anstrengte und so toll es auch war, dass du dir endlich etwas für dich gekauft hattest. Ich hatte auf einmal einen ganzen Schrank mit Hemden und Hosen von dir vor Augen, da, woanders, wo auch immer das war. Schlagartig wollte ich wissen, ob du denn jetzt ausgezogen wärst? Ob jetzt dieser Moment sei. Erschrocken hast du mich angeschaut. „Ich würde niemals ausziehen, Bella. Du bist doch alles, was überhaupt Sinn macht."

Und dann hast du noch gesagt, dass du dir Globuli besorgen willst. Ich war völlig verblüfft und hakte nach, ob du eine Freundin hast, weil Heilpraktikermethoden, das Letzte wären, was ich mit dir in Verbindung bringen würde. „Ich gehe weder zum Heilpraktiker noch habe ich eine Freundin", hast du zurückgeschmettert, „wenn du willst, kannst du mich ja kontrollieren."

Gar keine schlechte Idee, dachte ich, vielleicht sollte ich mal einen Privatdetektiv engagieren, der vor deiner Höhle lauert.

Aber auch dafür war ich schon zu müde.

Eigentlich hatte uns mein Bruder und seine Frau in die Pizzeria um die Ecke eingeladen, doch du wolltest das nicht. Du wolltest der sein, der bestimmt. Und das hast du dann auch mit dem Verlauf des Abends gemacht, denn aus heiterem Himmel bekamen Henry und Lilly und ich und der Kellner, der grad unsere Artischocken servieren wollte, und die anderen Gäste deines französischen Lieblingsrestaurants, einschließlich der Mädchen an der angrenzenden Rezeption, Dinge von dir zu hören, die noch niemand von uns von dir gehört hatte.

„Ihr wollt wissen, warum ich nicht mehr nach Hause komme? Das wollt ihr wirklich wissen", hast du plötzlich angefangen zu schreien und dabei fast die Rotweingläser vom Tisch gefegt, nur weil Henry gefragt hatte, wie es dir geht und warum du immer noch weg bist, „weil ich Angst vor diesen ganzen Fragen habe".
„Vor welchen Fragen denn?", schoss es aus mir heraus.
„Diese ganze Fragerei ist schlimmer als im Kinderheim!"
„Von welchem Kinderheim sprichst du", fragte ich verdattert, weil du eigentlich nie über diesen Teil deiner Geschichte sprichst.

Du hast kurz zu mir geschaut und plötzlich kam ein neuer Joker zutage. Irgendwie hast du immer Joker in der Tasche. Sie sind auf einmal da und das grad besprochene Thema wird durch ein anderes, schlimmeres, wichtigeres, undiskutables ersetzt.

„Ich habe mir ein Kinderheim angeschaut. Na und? Ich war zwei, drei Mal da und habe dort ausgeholfen. Ich wollte wissen, wie es Kindern geht. Wie sie das machen, das mit dem Glücklichsein. Ist das so schlimm?"

Verblüfft wollte ich etwas erwidern, was aber schwer ist, wenn einem die Koordinaten fehlen, aber ich kam auch gar nicht dazu, du hast schon weitergebrüllt, dass ich dir das Fahrradfahren über die Alpen versaut hätte, weil ich ja unbedingt mitkommen wollte; und dass es dir erst seitdem so schlecht geht; und dass du nur für mich arbeiten müsstest und ob ich wüsste, wie teuer unser Urlaub mit den Enkelkindern an der Ostsee werden wird, den du bezahlen musst und dass dich das dann doppelt so viel kostet, weil du ja in dieser Zeit nicht arbeiten kannst.

So sehr ich auch versucht habe, dich sanft zu unterbrechen, ich habe es nicht geschafft. Du musstest schon die vergangenen vierzig Jahre die Fresse halten, hast du weiter geschrien, und außerdem könntest du rumschreien, so laut du willst, schließlich bezahlst du ja jetzt diese Rechnung hier.

Das war das Letzte, was ich noch mitbekommen habe, und dann war nur noch Autolärm zu hören, weil ich schon draußen auf der Straße stand. Als meine Freundin aus Neuseeland anrief, hatte ich mich wieder einigermaßen beruhigt. Das nach Hause Laufen hat mir gut getan. Natürlich wollte Ayda sofort wissen, wie es dir geht. Jeder will das wissen. Jeder fragt immer zuerst nach dir. Nachdem ich ihr ein bisschen erzählt hatte, auch was im Restaurant passiert war, tröstete sie mich: "Bitte, akzeptiere es wie es ist. Es ist eine Krankheit. Du kannst im Augenblick nichts daran ändern, ganz egal, was er tut, sagt oder macht. Selbst, wenn er sich umbringen will, du kannst ihn nicht davon abhalten." Als wir aufgelegt hatten, fiel mir ein, dass Ayda grad aufgestanden war und ich jetzt ins Bett ging.

Und für einen kurzen Moment habe ich mir die ganze Welt als eine La-Ola-Schlaf-Welle vorgestellt. Aufstehen, hinlegen, aufstehen, hinlegen.

Manch einer macht sie auch für sich ganz allein in einer einzigen Nacht.

Kurz vor Mitternacht war ich noch immer wach. Ich hatte gehofft, dass du doch noch kommst. Ich hatte extra das Licht ausgemacht, damit du denkst, ich schlafe schon und du kannst mich überraschen.

In einer Minute ist mein Geburtstag. Sieben Minuten später muss ich nicht mehr weinen und öffne mein Geschenk. Eine Zeichnung von Frida.

Früh um acht stehst du in der Tür. Du bleibst bis zweihundertsiebzehn, soweit komme ich beim Mitzählen deiner Schritte in Gedanken und dann bist du wieder weg. Dass ich meine Party absage, fandest du gar nicht gut.

Die Kinder kommen am Nachmittag trotzdem. Sie haben alles dabei. Sekt und Eiscreme, eine rote Erdbeertorte mit Kerzen darauf und indische Häppchen für danach. Meine Freunde umarmen mich per Telefon und schenken mir alles, was ich grad brauche, Worte für jetzt und Einladungen für später. Am Computer feiert mich mein Telefonanbieter mit einer Überraschungsparty. Als ich den Link öffne, schauen mich fremde Menschen an und Konfetti fliegt durch die Luft.

Am Abend bin ich froh, allein auf dem Sofa liegen zu dürfen und mich nicht bewegen zu müssen.

So einfach kann Glück sein, ich freue mich, dass nichts weiter passiert.

Obwohl es mir langsam egal ist, wo deine Sachen liegen, suche ich die Verbindung zu Alexanders Wohnung raus, in der du bist, vielleicht bist. In der du vielleicht bist und weinst. Dich hinlegst, aufstehst, träumst, hoffst, dein Hemd glattziehst und deine neue Hose an. In der du neue Beziehungen aufbaust, zum Bett, zu den Geräuschen vor den Fenstern, zur Spülung im Bad. Du wirst Nachbarn haben, sie grüßen, den Klang ihrer Schritte lernen und den von deinem neuen Schlüssel in der fremden Tür. Du musst nach Hause kommen.

Die Wohnung ist in der Nummer fünfzig, Parterre links, am anderen Ende unserer großen Stadt. Hier wohnst du jetzt also. Mein Herz schlägt immer heftiger, aber ich habe es geschafft. Obwohl ich klingele, öffnet niemand. Ein kleiner Park ist gegenüber vom Haus. Ich könnte mich hinsetzen und auf dich warten, aber ich habe ein Fahrrad durch den Späher gesehen. Irgendwie fühlte ich mich danach leer, aber auch beruhigt und fröhlich.

Ich frage mich, was ich hier suche. Mir fällt nichts ein.

Am nächsten Tag bist du extrem eifersüchtig. Eifersüchtig, weil ich nicht zu Hause war, als du da warst. Gestern, bei uns und weil du mich nicht erreicht hast. Als ich dir erzähle, wo ich war, dass ich bei dir bei Alexander war, reagierst du völlig verblüfft. „Dann musst du mich aber sehr lieben, wenn du diesen weiten Weg gegangen bist", sagst du und nimmst mich in den Arm und ziehst mich auf unser Bett.

Später fragst du mich, ob du vielleicht doch die Antidepressiva nehmen solltest, die dir dein Arzt empfohlen hat. Ob ich denke, dass das helfen wird. Ich überlege lange. Ganz still ist es. Auch in mir. Und dann sage ich: „Ja."

Am Abend rastest du am Telefon wieder völlig aus, dass ich überhaupt keine Vorstellung hätte, wie das ist, immer allein zu sein. „Doch, das habe ich", möchte ich zurückschreien und immer weiter schreien und schreien, dass ich nichts mehr verstehe und wissen will, was hier abläuft." Stattdessen versuche ich, mich zu erinnern, erinnern zu atmen. Einfach atmen, ein, aus, ein, aus, atmen, atmen, atmen. Ich will nicht heulen und dich nicht noch verrückter machen. Ich atme und male mir in Gedanken den Moment aus, an dem auch ich wieder schreien kann. Und hoffe, dass dann der Tisch zwischen uns breit genug ist, um sicher zu sein.

Mein Abendbrot danach besteht aus einer Tüte Gummibärchen, zwei Kakao, einem Kanten Brot mit Butter und Salz, einem Pfund Blaubeeren mit Zucker, einem weiteren

Kanten Brot mit Butter und Salz und noch einem Kanten mit Butter und Salz.

Ich schneide die Brote immer so, dass ich ganz viele Kanten habe. Jetzt sieht es aus, wie ich mich fühle, beschnitten und nackt.

Zwei Mal am Tag halte ich deine Welt an. Dann klingelt der Wecker meines Handys und ich vergesse dich. Dann verlasse ich den Ort, egal wo ich gerade bin, auch den in Gedanken und laufe zum Fenster oder nach draußen. Es ist Foto Zeit. Als erstes fotografiere ich den Himmel und danach den Alltag um mich herum. Ich habe schon Schaufensterpuppen fotografiert, wie sie auf eine Demonstration schauen; ein Klettergerüst am Meer; ein umgekipptes Fahrrad vor der Post; Küssende im Park; biertrinkende Frauen; ein Mädchen, das aus einem Laden hüpft; vorbeifahrende Busse; Beine auf einer Leiter vor einem Quittenbaum; die Hände eines obdachlosen jungen Mannes; einen LKW auf einer Autobahnbrücke; einen lachenden Paketboten; einen Jungen beim Schüsselauslecken; Regen.

Am Abend schalte ich mein Handy immer aus. „Wie kannst du das nur", hast du gesagt, „was soll ich machen, wenn es mir schlecht geht und ich dich dann nicht erreichen kann." „Dir geht es doch schlecht", habe ich geantwortet und „außerdem hast du Ärzte an deiner Seite." Ich muss schlafen, sonst werde ich verrückt.

Du dagegen schläfst seit neuestem kaum noch und auch nicht mehr bei Alexander. Und auf die Frage, wo denn dann, kommen immer schwärzere Antworten. „Im Parkhaus." „Im Auto." „Im Hotel." „Im Gasthaus." „Im Wald." „Ich hab gar nicht geschlafen."
„Und heute?"
„Ich weiß es noch nicht. Ich sage es dir morgen."
Morgen. Schlaf. Schlaf, alles wird gut. Wie durch ein

Mantra versetzt mich das alles in ein Flachkoma. Morgen früh, wenn Gott will, wirst du wieder geweckt.

Ich spiele schon sämtliche Szenarien im Kopf durch, die passieren könnten. Klingelt das Telefon? Klopft es an der Tür? Stehen Polizisten da und räuspern sich? Wie werde ich dich wiederbekommen? Tot? Lebendig? Oder gar nicht?

Bist du dann im Krankenhaus, in der Psychiatrie, in der Leichenhalle? Was ist das für eine Krankheit?

So kann es nicht weitergehen, auch wenn mir dein Psychologe bei unseren Therapiestunden immer wieder erklärt, dass du diese Zeit brauchst und jedes Burnout sein eigenes Buch schreibt. Es muss eine Lösung her. Also entschließe ich mich, zu Klara zu fahren. Dann kannst du allein zu Hause sein, hast deine Sachen wieder, unsere schöne Wohnung, dein Zuhause und einen Platz zum Schlafen.

Alles ganz für dich allein.

Der Taxifahrer, der mich zum Bahnhof bringt, erzählt
mir, wie er vor sechzehn Jahren aus Afghanistan nach
Deutschland gekommen ist. Er sagt, seine Verwandten
haben es gut, dort, wo sein wirkliches Zuhause ist. Sie
sind glücklich. Sie haben zwar nicht viel Geld. Aber auch
keinen Stress und keinen Briefkasten. Es kommt sowieso
kaum Post.

Am Bahnhof kaufe ich mir ein Hochglanzmagazin. Ich
will das Leben einfach mal bunt und schön und gut ge-
launt haben, und einen Salat und Saft. Summerdream. Ich
stecke die Plastikgabel und Servietten ein. Nun sitze ich im
Zug damit. Ich fahre zur Arbeit, freue ich mich. Jetzt, wo
ich weg bin, schreibst du mir, dass es ganz schön traurig ist
ohne mich. Und dass du stolz auf mich bist. Und meine
Familie und meine Freunde sagen, ich darf erst wiederkommen, wenn meine Arbeit fertig ist. Alle wünschen sich
das für mich.

Bei Klara gibt es schwarzen Reis und Pilze und Pflau-
menkuchen und selbstgemachten Apfelsaft. Sie hat mir
das schönste Zimmer als Arbeitszimmer eingerichtet, mit
Blick in den Garten, und einen Strauß wilder Rosen auf
den schönen großen Holztisch gestellt, den man immerzu
anfassen möchte, so schön ist das Holz und der jetzt mein
Schreibtisch ist.

Es ist ruhig, nur ein paar Vögel zwitschern und die weißen Gardinen wehen leicht über den Dielen hin und her
und der Luftzug erreicht auch mich. Seit langem kann ich

endlich wieder atmen, einfach ganz normal atmen. Aber ich habe vergessen, mein Handy auszuschalten.

„Nein! Nein! Nein!" „Doch! Doch! Doch!" Davon wache ich auf. Die Enkelkinder meiner Freundin streiten sich und es geht mich auf herrliche Weise nichts an. Ich genieße es.

Ich lerne gegen Riesenheuschrecken zu kämpfen, mit dem Fahrrad einsame Wege zu fahren, im Dunkeln spazieren zu gehen, Hecken zu schneiden, die Türen offen zu lassen. Und trotzdem sage ich Klara, dass ich eher nach Hause fahren werde. Ob es wegen dir ist? Es ist wegen allem, sage ich ihr, wegen dir, wegen mir, wegen dir und mir und wegen Minus, meiner Katze und meinem Zuhause, meiner Stadt, meiner Familie, meinem Leben. Und, wegen unserer Telefonate.

„Schatz, es geht mir nicht gut", hast du gesagt.
„Was ist passiert?"
„Ich habe die ganze Nacht geweint."
„Die ganze Nacht? Und dann?"
„Ich habe alles in Müllsäcke gepackt?"
„Was hast du denn in Müllsäcke gepackt?"
„Meine ganzen Sachen."
„Und wozu?"
„Ich wollte sie wegschmeißen. Ich will nichts mehr haben. Ich kann nicht mehr. Ich will nicht mehr", und dann weinst du wieder, „ich will tot sein."

Ich stelle mir unsere Wohnung in Müllsäcken vor. Gelbe. Blaue. Schwarze. Und dich tot dazwischen.
„Wenn du dich schon umbringst, dann lass wenigstens deine Sachen da", sage ich.

„Wofür?"

„Für mich. Wo sind sie denn jetzt?"

„Ich habe sie wieder ausgepackt."

Und dann muss auch noch das Auto in die Werkstatt und dein iPhone fällt dir runter. Du fluchst und willst ein altes gebrauchtes Telefon kaufen und ich frage dich, was das soll. Dann holst du Geld für die Autoreparatur vom Konto und kaufst ein neues Telefon bei unserem Telefonverkäufer. Er kennt uns, es ist kein Problem, dass ich nicht vor Ort bin, mein Anruf reicht für den neuen Ratenzahl-Vertrag. Mein Auto kann nicht mehr repariert werden. Es wäre zu teuer und mit deinem hattest du vor kurzem einen Unfall. Also verkaufst du beide und schaust dich nach einem Neuen um, findest es und schickst mir per Kurier die Verträge zur Unterschrift zu. So ist das an manchen Tagen. Aber es ist kaum zum Aushalten.

Am nächsten Morgen weinst du schon wieder. Du hast Minus für acht Wochen Futter hingestellt, sagst du und alle deine Sachen zu einem Müllberg in die Ecke gelegt. „Niemand braucht die mehr, wenn es mich nicht mehr gibt. Ich bin auch nur Müll. Nur Müll. Ich wollte mich die ganze Nacht umbringen. Aber ich habe es nicht geschafft. Ich habe mich immer wieder gefragt, wie es wohl für Dich ist, wenn es mich nicht mehr gibt."

Die Antwort darauf ist, dass wir beide weinen. Es ist, als ob wir zusammen, eng umschlungen wegschwimmen, hinaus auf's Meer. Später, als wir nur noch wie ein Toter Mann im Wasser sind und die Wellen wieder weg, zurück ans Ufer gespült, suche ich nach Worten und einem Aus-

weg. „Du musst Doktor Balan anrufen“, sage ich, „du.“
„Ich weiß“.

Aber als ich dir dann noch sage, dass ich eher nach Hause
kommen werde, reagierst du völlig ungehalten. Du wirst
mir nie wieder etwas erzählen, schreist du ins Telefon und
ganz weggehen und erst wiederkommen, wenn du wieder
normal bist. Ich fühle mich erpresst. Jetzt könnten wir uns
verlassen, denke ich, aber da hast du schon aufgelegt.

Und dann bist du doch in eine Klinik gefahren und hast
dich einweisen lassen.

Seit drei Wochen bin ich wieder hier. Aber wir haben uns noch nicht sehen können. Als du dann aus der Klinik anrufst und sagst, dass wir uns heute treffen könnten, bin ich gerade mit Frida und Max unterwegs.

Eine Stunde später gehen wir zusammen über den Markt. Es ist Samstag und das Leben plätschert vor sich hin. Es duftet nach Kaffee und Äpfeln, nach frischem Brot und nach dir.
Wir fahren Pferdekutsche und springen unter Riesenseifenblasen hindurch, wir essen Bratwurst und danach Eis, mal trägst du Max und mal Frida, aber eine Hand hast du immer bei mir.

Als wir die Kinder wieder zu Anna und David nach Hause gebracht haben, fängst du am Küchentisch an von dir zu erzählen. Wie es dir in der Klinik geht, mit wem du dir das Zimmer teilst, was deine Therapie macht, dass ihr nächste Woche gärtnert und dass du dabei sicher wieder etwas lernen sollst, wahrscheinlich wie eine Blume duftet oder wie sich warme Erde anfühlt, weil du das ja wohl verlernt hast. Es schwingt ein bisschen Ironie mit und ich schmunzle vor mich hin. Zum ersten Mal seit langem denkst du nicht über deinen Tod nach sondern über Blumenerde und was die ganze Scheiße soll.

Und auch, wenn man dir in der Klinik gesagt hat, dass es besser wäre, wenn du die ganze Zeit da bliebest, kommst du am Sonntag wieder. Zu uns nach Hause.

Wir liegen zusammen auf unserem Sofa und ich höre die Geschichten von den anderen Männern, die mit auf deiner Station sind. Einer ist beim Einzug in das neu gebaute Eigenheim noch auf der Treppe zusammengebrochen. Ein anderer hatte mehrere Affären gleichzeitig und hat es nicht geschafft, auch nur mit einer einzigen von ihnen wirklich zu schlafen. Und einer ist einfach von Zuhause weggegangen, aus einer Kleinstadt in Süddeutschland, ohne seiner Familie Bescheid zu geben, um hier Hilfe zu bekommen.

Die Klinik hat eine gute Quote. Bisher weißt du nur von zwei Patienten, die sich in den vergangenen fünf Jahren das Leben genommen haben. Es schaffen die, die eine Familie hinter sich haben, sagst du. Aber auch, dass man manchmal alles verliert.

Du musst pünktlich zurück sein. Heute Nachmittag geht es in den Wald. Du unkst ein bisschen rum, weil du einen Patienten gesehen hast, der sicher bald geheilt ist. Er kann schon Stöckchen in Bäume werfen. Ich würde gern ein Stück mit dir mitfahren und dann zurück nach Hause laufen. Doch du findest das komisch, mich auf halber Strecke rauszulassen.
In so eine Klinik bringt auch niemand jemanden mit. Schon aus Furcht, man könnte später im normalen Leben wiedererkannt werden.

Als du weg bist, skypen Klara und ich. Wir frühstücken quasi zusammen und sprechen über dich, mich, sie. Über ein Geburtstagsgeschenk und wie man einen Hefezopf macht und ob alles richtig so ist, über den Stand der Gehirnforschung und neueste Klinikkonzepte. Klara findet es gut, dass in modernen Kliniken Klient gesagt wird anstatt Patient, weil man dann auf Augenhöhe spricht und jeder in der Selbstverantwortung bleibt. Deshalb gibt es auch immer mehr die Idee, das vorhandene Lebensumfeld des Erkrankten miteinzubeziehen, die Verbindung zur Arbeit zum Beispiel und seine Wünsche. Nur die Familie, die spielt in den ersten Wochen eines Klink Aufenthaltes keine große Rolle. Für mich ist das okay. Wir haben nächste Woche sowieso einen Arzttermin zusammen.

Später ruft meine Freundin Barbara aus Hamburg an. Sie brauchte ein Feedback zu ihrem neuen Arbeitsvertrag und dann schimpft sie, weil ich immer noch zu viel an dich denke und zu wenig an mich. Sie gibt mir die Aufgabe, einen Artikelvorschlag für die Februarausgabe ihres Magazins zu machen, sonst ist sie nicht mehr meine Freundin.

Und dann bist du wieder am Telefon. Schon der Wind im Hintergrund erschreckt mich. Kein Soundmeister hätte das so hinbekommen. Tatortzeit. „Ich will mich verabschieden, Bella", sagst du, „ich schaffe es nicht." Nicht nur deine Stimme ist brüchig, dein ganzes Du geht mit jedem Wort mehr kaputt. Plötzlich heulst du auf, es kommen nur noch Wortfetzen aus dem Hörer und Tränen. In jeder Körperzelle von mir tickt sofort eine Bombe. Angst. Ich bestehe nur noch aus Angst. Das ist der falsche Film. Wo bist du? Auf dem Dach der Klinik? Seid ihr nicht zusammen im Wald? Was ist passiert? Wo sind deine Therapeuten?

Vor lauter Schock sortiere ich Bürounterlagen und den Inhalt des Kühlschrankes, wasche Gardinen und hänge sie noch nass auf, alles so ein Scheiß, während ich schon wieder um dein Leben bange. Ich bin zu gestresst, um wütend zu werden, um irgendetwas anderes zu tun oder tun zu können.

Eigentlich habe ich nur einen Wunsch. Ich wünsche mir, dass du morgen kommst und fragst: „Warum hast du denn die Gardinen schon aufgehangen? Das hätte ich doch machen können."

Na, weil du dich umbringen wolltest.

Und dann beschließe ich spontan, zu deiner Klinik zu fahren. Ich will nicht wieder ein halbes Jahr lang warten. Ich will nie wieder warten. Nie, nie mehr. Auch nicht auf ein Klinikgespräch. Ich will dich finden. Ich will wissen, wo du bist. Ich will ein Gefühl dafür bekommen, ein Bild und einen Arzt sprechen. Und, ich will dir eine Botschaft in unserem Auto hinterlassen. Weißt du, so was wie deine immer, früher, am Spiegel im Flur.

Als ich von der Klinik zurück bin, bin ich komplett erschöpft. Ich hatte nicht nur den Weg, sondern auch die Lage völlig unterschätzt.

Es ist Ende September. Ich hatte vergessen, wie erschreckend früh es da bereits dunkel wird. Ich bin extra mit dem Fahrrad gefahren, weil ich flexibel sein wollte, weil ich Bewegung brauchte, weil du vor zwei Monaten mein Auto verkauft hast und ich kein eigenes mehr für mich habe, weil keine Bahn direkt dorthin fährt. Und schon gar nicht, wenn man nicht genau weiß, Wohin. Denn das wusste ich nicht. Ich wusste nicht, wo genau ich dich dort finde. Ich wusste nicht, wo genau du bist. Du hattest uns nur die Klinik genannt, aber nicht die Station. Ich bin auch nicht auf die Idee gekommen, dort erst mal anzurufen. Es war irgendwie nicht so wichtig. Wichtig war bei deiner panischen Angst, weggesperrt zu werden, dass du den Mut hattest, dich selbst einweisen zu lassen. Aber vielleicht war es mir auch schon zu viel, zu viel an Informationen, die meinen Speicher zum Überlaufen gebracht hätten. Deshalb kannte ich das Krankenhaus nur vom Namen. Ich war noch niemals dort gewesen.

In meiner Vorstellung hatte ich mir ein Krankenhaus mit einer Rezeption ausgemalt. Ein Haus, ein einziges, um genau zu sein und davor ein großer Parkplatz, über den ich radle mit dem Zweitschlüssel und elektrischen Türöffner unseres Autos in der Hand. Piep, piep, piep, ach da ist es.

Es hat nicht geklappt. Ich war noch nicht einmal dort, da konnte ich die Hand vor den Augen nicht mehr sehen. Mein Dynamo warf zittriges Licht auf den Weg, ich fuhr an verlassenen Gärten vorbei, nirgends war ein Mensch zu sehen, nur die Stimme des Routing Programmes sagte mir über den Knopf in meinem Ohr, wo ich lang fahren sollte. Weiter vorn rechts abbiegen. Blöde Idee. Und dann war die Klinik nicht einfach nur ein Gebäude, es war ein riesiger Komplex aus verschiedenen Gebäuden und hatte die Ausmaße einer Stadt, einer Stadt mitten in der Stadt. Ich habe das nicht gewusst. Ich habe nicht gewusst, dass es anscheinend so viele Menschen mit psychischen Erkrankungen gibt. Und auch nicht, dass ich mit dem Fahrrad durch einen dunklen waldähnlichen Park fahren musste, wo kein Leben weit und breit war, nur ein einzelner Mensch auf einer Parkbank, dessen jähes Auftauchen mich zu Tode erschreckte. Ein mit Stacheldraht umhüllter Rundlauf war als nächstes zu erkennen, ein Fenster knallte irgendwo zu.

Ich habe unser Auto nicht gefunden. Ich habe dich nicht gefunden. Ich habe nichts weiter gefunden, als noch mehr Angst und Dunkelheit. Ich wollte dir zeigen, dass du nicht allein bist. Ich hatte meinen Rucksack gepackt und mich auf den Weg gemacht, wie Rotkäppchen in den Wald. Ich habe in der Dunkelheit Fratzen geweint und dann Klara angerufen, damit wenigstens eine weiß, wo ich bin oder war. Tot auf dem Waldboden der Nervenheilanstalt. Solche Bilder hatte ich im Kopf, als mir dann auch noch zwei Jugendliche unter der S-Bahn Brücke vor mein Fahrrad gesprungen sind und mein Handy abziehen wollten. Ich habe so um mich geschrien, dass sie verblüfft zurückgewichen sind. Ich hätte sie getötet.

Als ich endlich wieder auf der ersten großen Straße unseres Viertels war, bin ich vom Fahrrad abgestiegen und habe es ganz langsam an das Fester des Spätis gekippt. Und dann bin ich auf die Knie gegangen. Ich schwöre, es war genau so.

Und jetzt sitze ich in unserer Badewanne und starre auf deine Seite, die, wo du immer gesessen hast.

Zwei Tage später stehst du mit blutunterlaufenem Gesicht und einem blau geschlagenen Auge vor mir. Ein Therapeut hatte dich, nach deinem Horroranruf aus dem Wald bei mir, zurück auf die Station gebracht. Du hast dann im Bett gelegen und bis in den Abend hinein geweint. In der Nacht bist du dann aufgestanden und hast dich im Badezimmer selbst bestraft. Die Verletzungen vom Waschbeckenrand sehen am Schlimmsten aus. Ich bin völlig schockiert, dass das niemand mitbekommen hat. „Doch", sagst du, „Sven, mein Zimmernachbar. Er ist gekommen, hat mich festgehalten und immer stoisch wiederholt, hör auf, hör auf, hör bitte auf."

Das waren die ersten Worte zwischen euch, obwohl ihr euch seit drei Wochen ein Zimmer teilt. „Nur, wenn du mich nicht verrätst", hast du zu ihm gesagt.

Jetzt seid ihr Verbündete. Sven hat immer ein Bier in seinem Nachtschrank, worüber du kein Wort verlierst, und du eine Sonnenbrille auf. Selbst im Kunst-Kurs, als ihr mit Ton gearbeitet habt. „Du hasst doch alles, was an den Fingern klebt", sage ich zu dir. „Ich habe den Ton doch gar nicht angefasst, Bella. Ich habe ihn einfach in eine Art Tupperdose gedrückt und fertig war mein Ziegelstein. Nicht einmal zwei Minuten hat das gedauert. Die Therapeutin meinte dann, dass ich aber noch ganz am Anfang mit mir stehen würde."

Draußen wird es langsam kälter. Ich hole die Wintersachen vom Speicher und probiere sie an. Ich entdecke mein Hochzeitskleid dazwischen, es passt nicht mehr.

Von deiner Klinik hast du das Angebot, mit einer Gruppe in die Berge zu fahren. „Soll ich mitfahren? Oder besser nicht? Was meinst du?"

In mir fangen sofort wieder die Zweifelräder an, sich zu optimieren. Ich versuche, mich zu konzentrieren, um klar zu denken und gleichzeitig ruhig weiter zu atmen. Gibt es wirklich Kliniken, die das machen? Ist es nicht normalerweise so, dass man in einer Klinik in der ersten Zeit rund um die Uhr da sein muss? Und erst später ist man dann Tagespatient und geht über Nacht nach Hause, zum Schlafen, um das Wieder-Zuhause-zu-sein zu üben? Du aber gehst am Tag raus und nachts wieder rein. Um dort zu schlafen. Wo ist dort? Ich weiß es nicht. Ich weiß den Namen deines Arztes und wie die Therapeuten mit euch arbeiten. Ich kenne die anderen Patienten vom Erzählen und habe ein Foto von deinem Zimmer und von dir im Bad. Ich weiß um deinen Therapieverlauf und dass du am liebsten Chirurg geworden wärst, weil man da nicht reden muss, nur operieren.

Wenn ich ein Messer in die Hand nehme, muss ich immer daran denken. Ich weiß so viel von dir. Aber nichts über dich. Ach Zweifel. Ich kann nichts für dich wissen. Nur für mich. Und das ist, dass ich dich überall hingehen lassen würde, wenn du es brauchst. Auch andere haben

Partner, die wochenlang unterwegs sind, weil sie zur See fahren oder Extremsport machen, Musiker sind, Meeresbiologen, Schauspieler, den Mount Everest besteigen, als Politiker die Menschheit retten müssen, ein Restaurant in einer anderen Stadt haben oder sonst etwas. Fahre um die Welt. Fliege ins Universum, geh in eine Wüste, über die Alpen. Das wünsche ich dir und hoffe, dass es hilft. Wen man nicht ziehen lassen kann, der kommt auch nicht wieder.

„Wenn du willst, warum nicht. Wohin fahrt ihr denn?"
„Ins Kleine Wiesenthal. In den Schwarzwald."
„Und wer?"
„Fünf Patienten und zwei Psychologen als Betreuer."
„Und wie lange?"
„Von Dienstag bis Montag."

Und dann hast du deine Sachen gepackt und ganz nebenbei gesagt: „Sicher wird es schwer sein, zu telefonieren. Wir sollen bestimmt abschalten."

„Bella, ich habe Scheiße gebaut."

„Was für Scheiße denn?"

„Ich habe abgebrochen."

„Was hast du abgebrochen?"

„Ich kann das nicht, Bella. Ich kann das nicht. Dasitzen. Nichts tun! Auf die Berge glotzen, Gemüse waschen, Tomaten zerstückeln. In meinem ganzen Leben werde ich keine Tomate mehr essen. Nie wieder."

„Ist doch okay. Aber was für Scheiße hast du denn gebaut? Hast du Salat geklaut?"

„Bella, ich habe richtig doll Scheiße gebaut. Ich bin aus dem Schwarzwald weg."

„Wie weg? Hast du dich nicht abgemeldet?"

„Doch, hab ich."

„Wo bist du denn?"

„Das Auto steht in Stuttgart."

„In Stuttgart? Hattest du einen Unfall?"

„Ich bin in Spanien."

„In Spanien?"

„Ich bin am Flughafen vorbeigefahren, nach dem ich abgebrochen habe. Ich habe die Flugzeuge am Himmel gesehen. Ich bin einfach abgebogen, habe das Auto abgestellt und bin in den Flughafen. Einfach so. Der erste Flug ging nach Ibiza. Und jetzt bin ich auf dem Weg zur Fähre nach Mallorca. Weißt du noch, wie schön es war, als wir vor zwei Jahren im Urlaub dort auf der Insel waren? Ich vermisse dieses Gefühl so."

„Und das ist jetzt Scheiße?"

„Ja, weil man so was nicht macht. Ich will doch normal sein. Einfach nur normal!"

„Ach Schatz, was ist schon normal? Für viele ist es normal, kurz mal nach Mallorca zu fliegen. Da kann man gut Fahrrad fahren. Das hast du dir schon endlos lange gewünscht. Endlos lange. Einfach mal los. Und nur für dich sein."

„Jetzt fang du auch noch damit an."

„Womit?"

„Na, die Therapeuten haben auch gesagt, fahren sie doch Fahrrad, wenn sie das jetzt brauchen. Und du fängst auch noch damit an."

„Die Therapeuten haben das mit dir besprochen? Dürfen die dich einfach so gehen lassen?"

„Ja, wenn man unterschreibt, dass man die Verantwortung ganz bei sich hat. Ich bin ja auch nicht bekloppt. Ich habe mich ja auch selbst einweisen lassen, also kann ich auch entscheiden, wenn ich nicht mehr will."

„Okay Liebling, aber es wäre schön, wenn du mir sagst, wo du dann bist. Okay?"

„Mach ich. Ich melde mich später. Versprochen."

Ibiza. Mein Mann ist auf Ibiza. Ohne Plan. Und gleich auf Mallorca. Ohne mich. Mit seiner Depression. Ist das normal?

Ich drücke dich in Gedanken. Und Max, der neben mir steht und spielen will.

Na klar bin ich traurig. Immer wenn ich unsere Wohnungstür aufschließe, lacht sich die Hoffnung kaputt. Du bist nicht da. Nie da. Einmal habe ich dich gefragt, was du machen würdest, wenn ich heute sterben würde. „Ich würde morgen sterben", hast du gesagt. Und jetzt? Du würdest es nicht mal merken.

Auf der Fähre zwischen Ibiza und Palma kotzt du dir die Seele aus dem Leib. Als du mich anrufst, bist du am Ende. Am Ende der Welt und am Ende deiner Kräfte. „Ich schaffe es nicht. Ich schaffe es nicht. Ich schaffe es einfach nicht. Ich kann nicht einmal Fähre fahren, ohne dass mir schlecht wird. Wie soll ich da wieder ein normales Leben schaffen?" Ich versuche dich zu beruhigen, deine See wieder glatt zu bekommen. „Wenn man seekrank ist, kotzt man halt." Ganz normale Menschen kotzen.

Am nächsten Tag hast du gottseidank was zum Schlafen für dich entdeckt. Hotel „Lido Park". Vier Sterne im Katalog. Vorige Nacht hattest du mehr. Einen ganzen Himmel voll, weil du am Strand übernachtet hast. Und mit dir noch andere. Auswanderer, die ihr Glück auf Mallorca gesucht, es aber nicht gefunden haben. Die Saison ist zu Ende. Überall stehen Schilder, erzählst du, „Letzter Tanz" oder „Ab 1. Oktober" zu oder einfach nur „Geschlossen", wie am „Lido Park", wo du heute schläfst. Du hast eine vergessene Liege vom Strand in den Raum für die Kinderanimation gestellt. Die Tür war angelehnt.

Aber so sehr ich auch versuche, alles emotional in einen normalen Bereich zu bekommen, es gelingt mir nicht. Ich stehe unter Schock und kann nicht arbeiten und weiß nicht weiter. Ich hänge zwischen den Gefühlen, am Telefon und im Sessel. Ohne Bewegung, außer wenn meine Tränen laufen. Ich sitze da und sitze und dann wische ich das Salzwasser aus meinem Gesicht und die Fensterbretter ab und den einsamen Küchentisch und dann setze ich Teewasser auf und dann geht es mir irgendwann besser.

Besser, weil ich mit deiner Geschichte nicht alleine bin. Weil alle für uns da sind, unsere Familie, unsere Freunde und Klara, die ich Tag und Nacht anrufen kann und du auch. Und weil ich Freundinnen habe und einen Sohn, der neuerdings jede Woche nach mir schaut, ohne dass ich das merken soll und eine Tochter, die nachfragt, und einen Schwiegersohn, der dich unterstützt und darüber hinaus unsere Wasserhähne repariert und eine Schwiegertochter und Enkelkinder, die die Welt erstrahlen lassen und Goldfische hinterm Haus und warmes Wasser im Bad und heißen Kakao auf dem Herd und unser Bett und Gitarrengeklimper, das der Wind von irgendwo durch unsere Fenster hineinträgt. Und weil ich esse und atme. Und weil ich dich liebe.

Als du wieder anrufst, immer noch von Mallorca aus, klingt dein Atmen so kalt, dass ich mich sofort erschrecke. Augenblicklich weiß ich, dass es heute noch schwer werden wird, dich aus deinem Loch herauszuholen. In deinem Loch ist es dunkel. In deinem Loch ist betäubende Traurigkeit und sind Tränen bis zum Hals. Ich versuche es trotzdem.

„Hallo Schatz, was macht die Sonne, das Meer und du?"

„Ich laufe. Mittlerweile ist Laufen besser als Fahrradfahren. Ich bin noch ein Mal zu unserem Apartment von damals gelaufen. Die Mauer davor, weißt du noch, sie ist ein so schöner Ort, um zu sitzen. Ich bin so traurig, Bella. Ich muss dauernd weinen."

„Worum weinst du?"

„Ich weiß es nicht. Vielleicht gibt es doch eine Seele. Sie dreht sich in mir hoch. Raus. Aber Klara hat mir ja gesagt, dass Weinen gut ist. Aber ich will, dass das aufhört."

„Und gab es etwas, was dir in den letzten Tagen gut getan hat?"

„Nichts. Nichts, außer deine Stimme zu hören. Weißt du Bella, ich laufe hier so rum. So wie Che Guevara in dem Film „Die Reise des jungen Che"."

Ich bin froh, dass du nicht „Into the Wild" gesagt hast, so besteht immer noch die Hoffnung, dass du mal Präsident wirst und nicht so schnell stirbst. „Ach Schatz, ich hätte darauf bestehen müssen, dass du dir ein richtiges Hotelzimmer nimmst, schlafen kannst, essen, duschen, alles, was man so macht. Um sich wohl zu fühlen. Einfach nach

Mallorca fahren – ist super. Und von jetzt auf gleich zu fahren, aus einem Moment heraus, das Auto am Flughafen stehen zu lassen, um ins erste Flugzeug einzuchecken, ist irre und ein bisschen verrückt vielleicht, aber der Wunsch tausender. Und eine Nacht am Strand ist vielleicht auch noch lustig. Eine zweite nicht mehr. Aber nicht für sich zu sorgen, ist überhaupt nicht lustig. Verstehst du, was ich meine?"

„Ich habe es versucht, Bella. Ich habe es doch versucht. Ich konnte es nicht."

„Was konntest du nicht?"

„Mir ein Zimmer nehmen."

„Warum nicht?"

„Ich habe es nicht verdient."

„Du hast alles Schöne dieser Welt verdient. Und das fängt nicht erst beim Essen und nicht beim Schlafen an. Das ist ein Menschenrecht. Und das heißt, genug zu essen und ein Dach über dem Kopf und Liebe. Und danach kommen noch tausend andere schöne Sachen. Du bist der beste Mensch, du hast alles verdient, nur keinen Burnout und keine Depression. Du musst nach Hause kommen und dir helfen lassen. Du musst das nicht alleine durchstehen. Und ich sage jetzt mal ganz bewusst musst."

„Bella, ich schmeiße alles weg."

„Was schmeißt du weg? dich?"

„Nein, nicht mich. Mein Hemd, meine Sachen."

Ich versuche locker zu bleiben: „Kommst du dann nackt nach Hause?"

„Nein, ich habe noch eins. Bella, ich habe Angst. So eine entsetzliche Angst. Angst, dass ich in Deutschland nur noch das Eine tue."

„Dass du dich umbringst? Soll ich dich abholen? Ich

könnte zu dir fliegen. Oder nach Stuttgart fahren und am Auto warten. Würde dir etwas davon helfen und dich beruhigen? Dann bist du in diesen Phasen nicht allein. Erinnere dich. Du schaffst das. Du schaffst das immer besser."

„Nein, wirklich nicht. Ich telefoniere von hier aus schon immer mit meinen Therapeuten. Ich habe eine Notnummer. Ich kann jederzeit anrufen. Und sie haben mich auch daran erinnert, dass mir Autofahren immer ein gutes Gefühl gegeben hat. Es wird schon werden."

Du willst nicht weiterreden. Und dann kann ich die Tränen nicht mehr zurück halten.

„Ich will wieder neben dir aufwachen", schluchze ich, „weißt du noch, wie das ist? Am Morgen wach zu werden und dann bist du da und ich, und ich schaue dich an und du mich und ich muss mich nur einen Millimeter bewegen und das Glück ist eins mit uns und die ganze Welt draußen. Und alle Zeit verlängert sich. Und unser Leben auch. Ich brauche dich. Ich will dich nicht verlieren."

„Das will ich doch auch. Nur dafür mache ich das alles doch. Nur für dich. Weine doch nicht."

„Liebling, ich bin ganz nah bei dir. Ganz nah. Wenn ich hier die Augen zumache spüre ich deine Wärme, deine Bartstoppeln und das Meer."

„Ich habe mich aber heute rasiert. Endlich. Hier sind Duschen am Strand."

„Wow, was für ein Bild. Mein Mann mit freiem Oberkörper rasierend am Meer."

„Du kannst ja ein Foto von mir machen. Nächstes Jahr. Wenn wir..."

Und dann ist nur noch Wind zu hören. Und dann die

Stille. Die Stille zwischen Festland und Insel, die Stille über dem Erdball, über den Worten aller Menschen. Das Telefonat ist einfach weggeflogen. Fort. Mit dir.

Als ich dich Tage später nach Hause kommen höre, renne ich schnell zur Tür und stelle mich dahinter.

Ich habe den ganzen Tag auf dich gewartet, das war immer eines unserer Begrüßungsrituale. Als wir uns dann umarmen, hast du kaum noch Gewicht. Wie Nebel, der über den Feldern schwebt. Aber da ist noch etwas. Ein leichtes Vibrieren, eine Unsicherheit, wie wenn Spinnen über ihr Netz durch die Nacht schleichen. Du hast Angst. Ich sehe es in deinen Augen. Angst, dass ich doch sauer bin.

„Ich hatte Angst, dass etwas passiert ist, während ich weg war", sagst du später am Telefon, als wir darüber sprechen, während du wieder auf dem Weg ins Krankenhaus bist. Du sagst das, obwohl du vorhin jede Schublade aufgemacht, reingeschaut und nichts gefunden hast.

Aber vielleicht hast du ja Recht.
Vielleicht ist trotzdem etwas passiert.

Unser Zoo hat immer gut zusammengepasst.

Du hast eine Meise und ich habe eine. Aber jetzt werden ihre Geschwindigkeiten andere. Je mehr deine fliegt, desto langsamer wird meine.

Immer öfter muss ich mich zur Bewegung zwingen. Ich fühle mich so alt. Nicht weil ich es bin, sondern durch die Schwere der Last. Ich kann dich nicht mehr tragen. Das merke ich. Das ist passiert. Deine unendlichen Schwierigkeiten, deine Abwesenheit, das Nichtvertragen der Medikamente, deine Selbstmordgedanken und die Einforderung durch dich, dass ich dich springen lassen soll. Es tut mir leid. Neuerdings liege ich nicht mehr auf einer bestimmten Seite in unserem großen Bett. Ich liege einfach da, wo mich meine Träume hindrehen. Mit dem Weinen ist es jetzt anders geworden. Ich weine stoßweise. Es überfällt mich. Wenn dein Hemd auf dem Bügel hängt, weiß, frisch gewaschen. Wenn ich plötzlich irgendwo eines unser Lieder höre. Halleluja... Baby, ich war schon mal hier. Ich habe dieses Zimmer gesehen ... und deine Flagge auf dem Marmorboden.

Und immer öfter frage ich mich, wie mein Leben weitergeht. Zum Beispiel, wenn du wirklich stirbst?

Und die Antwort ist: dann muss ich mein Leben weiterleben.

Und wenn du querschnittsgelähmt zurückgebracht wirst?

Dann muss ich mein Leben weiterleben.

Und wenn du bis an dein Lebensende depressiv bleibst?

Dann muss ich mein Leben weiterleben.
Und wenn du dich verliebst?
Dann muss ich mein Leben weiterleben.
Und wenn du gar nicht mehr nach Hause kommst?

Dann muss ich mein Leben weiterleben.
Dann muss ich mein Leben weiterleben.
Dann muss ich mein Leben weiterleben.
Dann muss ich mein Leben weiterleben.
Dann muss ich mein Leben weiterleben.

Blöd, nicht? Immer muss man sich um sich kümmern.

Ich träume, dass wir auf der Dachterrasse eines Hochhauses in der Sonne liegen. Das Licht ist ibizagrell und der Himmel superblau, wie in einer Werbung. Ich stütze mich mit meinen Ellenbogen ab, lege meinen Kopf in den Nacken und lache und das Glück in mir sprudelt wie Brausepulver in der Hand, auf das man gerade gespuckt und mit der Zunge drin rumgerührt hat. Es ist ein so schöner Tag und dein Kuss auf meiner braunen Schulter auch.

Ich wippe ein bisschen mit dem Fuß auf und ab, meine Zehen überdecken den Sonnenball und dann wieder nicht. Sie werfen lustige Schatten, als plötzlich ein Mann angerannt kommt und ohne zu zögern vom Dach in die Tiefe springt. Augenblicklich ist unser Moment vorbei, ich schieße in die Höhe und du auch und dann rennst du an den Rand des Daches und guckst runter und dann drehst dich kurz zu mir um und sagst: „Ich springe auch.“ „Aber warum“, schreie ich heiser. „Weil es mir Spaß macht“, ist deine Antwort.

„Wer ist da?“, schrecke ich aus meinem Traum hoch. „Ich bin es, Bella. Frag nicht weiter. Schlaf.“ Und dann ziehst du dich aus und legst dich neben mich. Es ist, als wärst du niemals fort gewesen. Wir schlängeln uns durch die Nacht wie zwei Papierschiffchen den Bach hinunter. Es fühlt sich frisch an. Kein Sturm. Keine Aufregung. Nur wir zusammen. Einfach. Ohne Regung. Schön. Ab und zu tauche ich auf und Fragen titschen, wie flache Steine vom Ufer aus geworfen, an mir vorbei: Warum heute? Musstest du gehen? Von wo? Wieso schlafen wir zusammen? Was passiert hier? Warum schlägt dein Herz so ruhig?

„Bella, ich muss Geld abholen", sagst du am Morgen kurz bevor du wieder gehst, „geht das?" „Aber ja, mach, hol, was du brauchst. Wofür?" „Nicht jetzt, Bella. Mir geht es nicht gut. Bella. Später. Ich rufe dich später an. Bleib noch ein bisschen liegen."

Seit August hebst du immer höhere Geldbeträge von unserem Konto ab. Mein Herz hämmert. Alarm. Alarm. Alarm. Alarmalarm.

Der Welt geht es auch nicht so gut. Es gibt Entlassungen, ganze Branchen brechen zusammen, Druckereien zum Beispiel. In Amerika gab es über Tage einen Haushaltsstreit, der das öffentliche Leben ausgesetzt hat. Museen blieben geschlossen. Baugutachter konnten nicht begutachten. Kinder nicht in die Kindergärten. Und in die Schulen? Ich weiß es nicht. Die Schuldenobergrenze wurde auf den letzten Drücker ein bisschen höher gelegt und damit der wirkliche Crash einmal mehr vertagt. Irgendwie doch auch lustig.

Unser Leben ist, als ob wir Amerika spielen.

Klara ist bei uns, weil ein Freund von ihr in unserer Stadt gestorben ist und sie ihn auf seinem letzten Weg begleiten will. Ob jetzt die Zeit gekommen ist, dass es normal werden wird, auf Beerdigungen zu gehen, frage ich mich. Und der Kuchen danach? Wird der dann auch normal werden?

Wenn man der Nächste ist, kann man ihn nicht mehr essen, denke ich und werde das Gefühl nicht los, das sich die Zeit gerade anfühlt wie früher im Sportunterricht, als die Mannschaften zusammengestellt wurden und man in einer Reihe dastand und von einem Fuß auf den anderen trat und nicht wusste, wann der eigene Name aufgerufen wird. „Die Welt dreht sich weiter", das hat Doktor Balan zu uns gesagt.

„Was denkst du, wie es ihm geht?", reißt mich mein Schwiegersohn aus meinen Gedanken. Ich sitze mit ihm und Max im Auto. David spricht auch öfter mit dir. Manchmal trefft ihr euch kurz auf einen Espresso oder ihr telefoniert. Ich erzähle ihm, dass es dir nicht besser geht und dass du dich einsam fühlst.

Plötzlich schluchzt es neben uns. Max blickt traurig aus seinem Kindersitz hoch. „Aber ich habe Opa doch meinen Kuchen geschenkt", flüstert er und seine Tränen kullern.

Lange hältst du Klara im Arm. Dann hockt ihr in der Küche und ich hoffe, dass du reden und sie helfen kann. Ich sortiere derweil Wäsche in die Waschmaschine, beziehe die Betten neu, koche, fange an, all solche Dinge zu machen, nur, um die Chance zu erhöhen, Normalität und Krise und Boden und Himmel zusammenzubringen.

Du erzählst ihr, dass du nur noch lebst, weil du ein gutes Netzwerk hast, weil du sie hast und mich und dass sich ein Patient an der Türklinke erhängt hat, dass bei acht von zehn Leuten die Beziehung an der Krankheit zerbricht, dass ihr in der Klinik nicht miteinander redet, nur in den Gruppensitzungen und dass die manchmal richtig gut sind, dass dir Einzelsitzung aber lieber sind. Und dass die Therapeuten vorsichtig mit dir sein müssen, weil du alles für bare Münze hältst und nichts hinterfragst. Dass du dir wünschst, jemand würde dir einen Zettel geben, wo drauf steht, was du die nächsten zehn Jahre machen sollst und dass du das dann machen würdest und dass neunzig Minuten reden zu viel sind. Viel zu viel. Und dass du nach fünfzig Minuten nichts mehr verstehst. „Ich bin dumm. Dumm. Dumm. Und dann ist es, als wenn meine Mutter kommt und…"

Und dann weinst du und rennst raus. Und du nimmst deine Sachen. Deinen Rollkoffer. Deine Tränen. Und gehst. Und wir sitzen vor unserem kaltgewordenen Tee, Klara und ich, und weinen auch. Und dann gehen wir zu unserem geplanten Wochenendkurs und tanzen zehn Stunden lang afrikanische Götter herbei.

„Ich kann nicht mehr richtig sehen", wimmerst du mit dem Öffnen der Wohnungstür und hüpfst panisch ins Bad. „Ich erkenne die Farben nicht mehr, Bella. Bella, Bella, und mir ist so übel." „Du musst sofort in die Klinik." Ich will dich fahren, aber du hörst es nicht, du hängst über dem Klo und kotzt.

Seit einer Woche nimmst du Psychopharmaka.

Du bist nach Kanada ausgewandert, ohne es mir zu sagen. Zu Gregor, der mit seiner Freundin Ellis jetzt dort ein Auslandspraktikum macht. Ich bin sauer auf dich und will hier bleiben. Anna und David haben umgeräumt und im Schlafzimmer ans Fußende des Bettes einen Swimming Pool gebaut. Wie praktisch denke ich, man liegt schön eingekuschelt und schaut den Kindern beim Baden zu. Als ich mich auf den Weg mache, weiß ich nicht mehr wohin. Ich muss den Zug nehmen. Er hat nur zwei Wagen und ist so voller Menschen, dass ich lieber warte. Er fährt ab und dann bin ich allein auf dem Bahnsteig. Es wird schon langsam dunkel.

Ich träume das.
Ich träume, ich weiß es.
Ich muss aufwachen.

Auf eurer Station sind nur Männer. Einer verlässt nie das Zimmer. Ein anderer steht immer am Fenster und starrt in den Park. Er hält sich mit einer Hand am Fensterrahmen fest und schaukelt fortwährend vor und zurück, vor und zurück, vor und zurück, Millimeter nur, doch er schaukelt. Seine Frau hat ihm den Umgang mit seinem Kind verboten, er soll wiederkommen, wenn er wieder gesund ist. Zwei Zimmer teilen sich ein Bad. Ihr habt zwei Ärzte im Praktikum und fünf Stationsärzte. Eine Frau ist dabei.

Am Wochenende habt ihr gelernt, es euch schön zu machen. Ihr hattet eine Tischdecke unter den Tellern und Kerzen an. Diese Woche fahrt ihr Schwimmen. Bei Waldspaziergängen willst du immer noch weglaufen. Gestern hat sich ein berühmter Radiomoderator selbst eingewiesen. Du hast den Rasierapparat von deinem Zimmernachbarn kaputt gemacht und dafür unsere Haarschneidemaschine mitgenommen.

Deine Medikamente verträgst du weiterhin nicht. Kein Arzt weiß warum. Zu deiner eigenen Sicherheit hast du diese Nacht im Sichtraum geschlafen. Unser Arztgespräch musste verschoben werden. Du hattest ein Langzeit-EKG und hasst die blöden Bastelnachmittage, an denen ihr schon wieder ein Gesteck machen sollt.

Außerdem kannst du die Geräusche nicht mehr hören, die schlürfenden Schritte auf dem Gang und die schnellen der Ärzte, das Wecken der Schwestern, das Rauschen der Bäume vor dem Fenster, die Klospülung, wenn dein Zim-

mernachbar im Bad ist und die von deinem Bett, wenn
du dich umdrehst. Am besten geht es dir in der Kunst-
therapie. Du malst gerade an einem riesengroßen Herz für
mich. Es ist so schön ruhig in dir, wenn du nur die Linien
auf dem Papier hörst.

Das alles erzählst du mir am Telefon. Und plötzlich wünsche ich mir, dass du auch endlich still bist. Still, wie das
weiße Blatt Papier vor mir auf dem Schreibtisch.

Ich tapse noch verschlafen im Halbdunkeln zwischen Tee kochen und Katzenklo säubern und Radio anmachen und Brötchen aufbacken hin und her, da stehst du auf einmal mit Blumen vor mir. Fragend schaue ich dich an. „Es ist doch der erste Advent." Und dann gehst du in den Keller und holst unsere Weihnachtskiste hoch. Und dann gehst du nochmal in den Keller und kommst mit einer Glühbirne wieder und wechselst die kaputte in unserem Flur aus.

Am nächsten Tag liegt Schokolade für mich auf dem Tisch und ein Zettel Ich liebe Dich. Von draußen scheint die Sonne in dein Gesicht, als du rauchst. Du siehst gut aus.

„Weißt du, Bella, ich habe mir überlegt, meine Laufschuhe mit in die Klinik zu nehmen. Was meinst du? Und vielleicht sollte ich anfangen zu fotografieren, so wie du? Ich könnte doch deine zweite Kamera, die kleine Cannon mitnehmen?"

Wow. Kein Selbstmord, keine neuen Katastrophen, einfach nur laufen und fotografieren. Mein Motor springt sofort an. Wir, zusammen unterwegs, fotografierend. Zwei Sichtweisen von ein und denselben Dingen.

Ich freue mich und sage es, aber du explodierst augenblicklich: „Kann man nicht einfach mal nur etwas aus Spaß machen? Aus Spaß für sich! Sich beschäftigen aus reiner Freude. Ohne Aufgabe. Ohne Ziel. Ohne Druck. Ohne Absprachen! Zum Entdecken. Nur für sich allein? Das würde mir gut tun! Mir! Und wenn du ehrlich wärst, müsstest du zugeben, dass du eine ganz große Schisserin bist! Dir geht es doch gar nicht um mich! Du hast doch einfach nur Angst, dass du ganz allein dastehen würdest, wenn es mich nicht mehr gäbe."

Und dann gehst du und lässt mich stehen und den Fotoapparat liegen.

Als ich grad einkaufen gehen will, kommst du wieder. Ohne etwas zu sagen, nimmst du mir die Tasche mit den leeren Flaschen ab und dann meine Hand. Wir gehen die Treppe hinunter. Die Straße entlang. Wir gehen ins Café und bestellen Espresso und heiße Schokolade. Wir sitzen auf Hockern am Fenster und schauen auf das Treiben draußen. Wir gehen in einen Klamottenladen. Ich links rum und du rechts und zusammen wieder hinaus. Du gehst in den Mediamarkt. Und ich gehe Äpfel kaufen und Käse und Brot; und Flaschen abgeben. Wir fahren zusammen Rolltreppe und Katzengras holen und nach Hause. Immer noch zusammen. Ich esse mein Mohnbrötchen, was wir vorhin beim Bäcker gekauft haben und du schaust auf den Kalender in unserer Küche und blätterst ihn durch: Lustige Chaoten am Meer. Max lachend am Bullauge eines Holzschiffes. Du. Ich... Auf dem Novemberblatt ist die ganze bunte Familie bei einer Geburtstagsparty zu sehen. Darunter steht, Bis ganz bald.

Noch einundzwanzig Tage bis Weihnachten.

Du hast Kopfschmerzen. Solche Kopfschmerzen. Du hast das Gefühl, alles an deinem Kopf wächst nach außen. Und drinnen wird gehämmert. Keine Tabletten helfen. Das sind die Nebenwirkungen der neuen Antidepressiva, hat dein Arzt gesagt. Du sollst es aushalten. Noch sechs, sieben Tage, weil der Körper sich erst daran gewöhnen muss. „Mein ganzes Leben musste ich schon aushalten", sagst du, „und jetzt bekomme ich Tabletten zum Aushalten und soll diese auch noch aushalten."

Ich stelle mir dich als Baustelle vor. Als ein Universum, indem die Sterne verschoben werden. Als einen Flugplatz, der hoffentlich auch fertig wird. Als Schiff mit Raketenstartbahn und fünfhundert Bomber darauf. Als Gewächshaus, wo bald wieder Wärme ist und die Blumen in voller Pracht dein Herz tragen. Wo du dann ein und ausgehen kannst und dich immer satt sehen wirst und wieder Blüten verschenkst, unendlich viele, weil sie immer wieder nachwachsen werden.

„Ich komm nachher. Ich darf über Nacht wegbleiben, wenn du nichts dagegen hast. Morgen ist doch unser Hochzeitstag."

Unser Hochzeitstag. Was kann man da dagegen haben? Was kann man gegen eine Nacht zu zweit haben wollen? Und gegen dein zu-Hause-sein-zu-wollen, was Fortschritt verspricht. Vielleicht. Und gegen Arme, die mich halten werden. Vielleicht. Und gegen Hände, die mich suchen werden. Vielleicht.
Also lege ich meine Arbeit zur Seite und gehe ins Bad.

Wie Teenager begegnen wir uns dann. Wir schlafen unruhig. Aufstehen. Rausgehen. Reinkommen. Hinlegen. Du. Ich. Ich muss kichern und dann drehe ich mich zu dir. Wir liegen da und schauen uns aus einem Meter Entfernung an. Endlich gehören unsere Augen uns. Lange und still und warm. Und dann sehe ich dich. Und du mich. Und ich lächle. Und du. Und ich komm zu dir. Und dreh mich wieder um.

Am Morgen sagst du, dass du eine Reise für uns gebucht hast, ganz weit weg, in acht Wochen, mit null Metern zum Strand. Zuerst freue ich mich. Nicht wegen der Reise. Nein, wegen dir. Weil du einen Plan gemacht hast. Du. Für dich. Für uns. Für mich und dich.

Ich muss packen, ich brauche ein Strandkleid, ich kann es nicht fassen. Nur wir und das Meer. Wohin weiß ich nicht. Und schlagartig weiß ich nicht mehr, wohin mit mir. Wieso willst du mit mir wegfahren? Warum in acht Wochen? Geht das? Hilft das? Wird es unser letzter Urlaub? Oder unser erster neuer? Wird das Flugzeug abstürzen? Mit uns? Mit mir zusammen? Willst du dich vor meinen Augen ins Meer stürzen? Die Adern aufschneiden purpurrot im tintenblauen Meer?

Du bleibst und bleibst und bleibst. Es ist komisch. Ich merke, wie sehr ich schon auf ein Leben allein eingestellt bin. Ich kann essen, wann ich will, was ich will. Ich kann Radio hören oder nicht. Oder Nachrichten gucken oder einen Film. Oder schlafen oder schlafen oder schlafen.

Alles, was ich mache, ist richtig.
Und doch ist es falsch.

Am Samstag sollte der Tag der offenen Tür auf eurer Station stattfinden, aber dann waren drei Patienten dagegen.

Ich male mir aus, wie es gewesen wäre. Ein Raum, der Gemeinschaftsraum vielleicht, mit euren Bildern an den Wänden und den Gestecken auf den Tischen, voll mit betretenem Flüstern und Kaffeeduft, jeder schaut in seine Tasse, man hört ab und zu einen Löffel klappern, einer fällt runter, ein Kind ... wären Kinder erlaubt gewesen?

Warum die Familien in der Klinik außenvorbleiben, fragen wir uns. Es belastet dich sehr, weil du zusätzlich zu dir, immer wieder mich beruhigen musst. Deine Krankheit ist schwer, schwerer als alles, was ich kannte. Sie saugt dir das Leben aus und zieht das Leben drum herum ab und die Kraft und meine auch. Sie steht mir gegenüber und spuckt mich überheblich an: Na, was machst du jetzt mit deiner ganzen Liebe? Hihihi. Sie wird nicht reichen. Und der Tee, den ich koche, hilft nicht. Und nicht das schönste Essen. Und dich für krank zu erklären, hilft auch nicht.

Wer hat nur diesen Ölteppich über uns gebracht?
Meine Arme fühlen sich schon an wie verklebte Flügel und der Himmel ist grau. Und es regnet vor sich hin. Und jetzt bin ich auch noch erkältet und sitze stumpfsinnig vor meiner heißen Zitrone. Du rätst mir, ich soll meine Fußsohlen und die Brust mit Wodka einreiben und dann ins Bett gehen und eine Schüssel mit heiß aufgegossener Kamille und aufgeschnittenen Knoblauch daneben stellen, das hätte dir ein Pfleger verraten. Habt ihr russische Pfle-

ger, denke ich. Es wird ganz schön stinken. Und dass ich damit definitiv Vampire los bin.

Und dass mich niemand mehr beißen wird, auch ohne den ganzen Knoblauch.

Es geht mir immer schlechter. Ich weiß nicht warum.

Also stopfe ich alle Schokolade in mich rein, die ich finden kann, was ziemlich einfach ist in einer bunten silberpapierverhangenen Adventszeit. Und zwischendurch putze ich. Ich putze wie bekloppt Fußböden, Ablagen, Spiegel, Abflüsse. Und dann noch einen Weihnachtsmann. Alle Fusseln müssen weg und Haare und Gerüche. Und dann Blätterkrokant. Und Staub und Flecke. Und dann Belgische Schokolade. Ich nehme sogar Chlorreiniger, obwohl es hinterher wie in einem Schwimmbad riecht, und würde am liebsten auch die Wände einreißen. Und Trüffel. Ich brauche Platz, Raum, weißen klaren frischen Raum. Also putze ich und putze und putze. Noch ein bisschen und dann bin ich vielleicht auch mit verschwunden.

Heute hätte ich mal heißen Tee und Trost von dir gebraucht. Von dir. Heute! Von meinem Mann! Zuspruch, Liebe, Umarmungen. Von dir. Von dir. Von dir. Ich will, dass es ein Mal auch mal wieder um mich geht. Nur eine Minute lang! Stattdessen hast du gesagt, dass du im Moment nicht weiter mit mir telefonieren kannst und einfach aufgelegt.

Und jetzt bin ich wütend. Am liebsten würde ich mich mit dir duellieren. Aber es wäre aussichtslos. Denn die Jury hieße wieder Burnout oder Depression. Oder ein anderer Joker aus deiner Tasche würde durch die Luft fliegen, hin zu mir.

Am nächsten Tag bin ich noch blöder und frage dich, ob du vielleicht Aids hast. Oder eine Freundin.

Wie ich darauf komme?

Weil ich nichts weiß. Ich bin einsamer als du. Du hast Ärzte, Zimmernachbarn, Schwestern, Therapeuten, Kunden, Bastelnachmittage, Geheimnisse. Ich aber bin allein. Allein ist allein ist allein ist allein.

Und du bist der, der hier die Tür aufschließt.

Und kein Stuhl darf verrückt sein.

Was für ein buntes Leben die Kinder haben. Socken liegen rum, die Musik ist an und die Waschmaschine läuft, dazwischen Tränen, Singen, Küsse, Kochen, aufgeschrammte Knie, wieder Lachen. Ich liege im Wohnzimmer von Anna und David auf dem Sofa. Ganz ruhig. Atme. Irgendwann, stelle ich mir vor, liege ich hier und atme nochmal ein und aus und ein Mal noch ein. Und dann bin ich tot.

Die Kinder werden ins Wohnzimmer toben und rufen: „Schau mal, Omi. Omi! Omi? Omi wach mal auf! Mama, Omi wacht nicht auf!"

Und alles ist wieder gut. Für mich.

Der Nachhauseweg machte es nicht besser. Mir wurde immer schwerer um mein Herz. Mit der ganzen Traurigkeit der letzten Wochen schloss ich unsere Wohnung auf.

Was haben wir nur falsch gemacht. Warum ist manchmal immer alles falsch. Warum mache ich immer alles falsch.

Ich muss noch Wäsche zusammenlegen. Also ging ich zum Wäscheständer. Warum fühle ich mich so allein. Da hingen die Handtücher, die Seiflappen, der Bademantel und der Gurt vom Bademantel. Nimm ihn. Und ich nahm ihn. Mach eine Schlinge um deinen Hals. Und ich machte es. Einfach so. Ganz automatisch. Manchmal kann das Schlimmste so einfach sein. Ich kann einfach nicht mehr. Nie mehr. Ich bin schuld.

Tränen rannten über mein Gesicht. Zieh zu. Meine Beine knickten ein. Ich krümmte über den Knien zusammen. Nur noch ein Mal Luft holen. Bitte. Bitte. Noch ein Mal nur. Ich stürzte nach vorn und zog verzweifelt an beiden Enden. Mein Gott, warum ist der Gurt nur so lang. Und dann blickten meine Wasserfallaugen nochmal hoch und plötzlich sah ich mich im Spiegel, der vor mir an der Wand lehnte und ließ los.

Es sah wirklich Scheiße aus.

Heiligabend fragst du uns, ob es okay wäre, wenn du nach der Bescherung gleich wieder in die Klinik fahren würdest. Ihr, also ihr Männer, wollt heute noch den Gänsebraten machen.

Noch bevor wir alle unsere Geschenke ausgepackt hatten, Gregor und Ellis und Frida und Max und David und Anna und ich, noch bevor wir fröhlich zusammen um den festlich gedeckten Tisch saßen, hast du unser Weihnachtsmannkostüm genommen und bist gegangen.

Ich weiß, dass du lügst.

Kein Krankenhaus der Welt macht am Heiligen Abend einen Gänsebraten. Niemand. Auch keine andere Familie. Nur unsere.

„Und, hast du an Charlie gedacht", frage ich dich am Abend am Telefon. Stille, ganz kurz und dann: „Bella, ich lege auf, ja, und rufe später noch mal an, sonst muss ich weinen."

Und ich hörte das Klicken. Und dann nichts mehr. Das Universum spürte ich und den Druck auf meiner Brust.

Ich lag ganz still und dann stand ich auf, nahm den Staubsauger und saugte alles weg, auch die Stücken meines Herzens, damit sie nicht weiter herumlagen.

Und dann fing ich an zu kochen.

Jeder Anfang ist neu; aber jeder ist wunderbar neu, wenn man keine andere Wahl mehr hat, als das jetzt zu tun oder auch zu sterben. Und ich wollte nicht sterben. Und auch nicht weiter gefangen sein von dir und auch nicht mit dir untergehen.

Barbara hatte von mir einen Artikelvorschlag gefordert. Also habe ich mich vor Weihnachten aufgemacht und bin in einen Buchladen gegangen. Und dann sah ich es. Auf zu einem neuen Lebensgefühl stand auf dem Buchdeckel. Ein Kochbuch.

Also koche ich jetzt. Und dazwischen lese ich oder stehe im Supermarkt und suche Zutaten, die ich nicht kenne, entdecke neue, messe meinen Bauchumfang, die Hüften, mich. Das ist mein neues Programm.

Ich schaue kein Fernsehen mehr, esse keinen Zucker, kein Weißmehl, keine tierischen Produkte, esse nichts mehr nach neunzehn Uhr und mache mindestens eine Stunde Sport am Tag. Außerdem lade ich endlich wieder Freunde ein, wir essen zusammen und testen die Köstlichkeiten, die ich versuche zu zaubern, und über die ich schreibe. Ich mache Musik an und dann gibt es Zucchini-Spaghetti, Rote Linsensuppe, brate Räuchertofu und nehme sonnengetrocknete Tomaten in meine Hände.

Und habe kaum noch Zeit über dich nachzudenken.

Aber wann immer ich Schritte höre, gilt mein erster Gedanke dir.

Und du bist es wirklich. Beziehungsweise der Hauch von dir, der noch da ist und der mich trotzdem jedes Mal umhaut. Du legst dich zu mir, und ich atme und atme und atme. Du riechst so gut. Ich will alles von dir einatmen, damit sich das Loch in meiner Brust wieder füllt.

Als ich die Augen aufmache, sehe ich, wie schlecht es dir geht. Du siehst grau aus. Auch die neuen Tabletten verträgst du nicht. Bei den alten hattest du Schweißausbrüche und Durchfall und die ganze Haut hat dir gejuckt. Jetzt, bei den neuen, kommen noch Magenschmerzen hinzu. Das Schlimmste aber, sagst du, ist, dass du nicht mehr schlafen kannst. Seit zwei Wochen schon. Es bringt dich um. Und das Jahresende. Und die Geschäftseinbrüche. Und deine Krankheit. Und dass es nicht vorwärts geht. Und dass du dann daliegst und dich beschimpfst. Und deine Gedanken werden zu bösen giftigen Schlangen in deinem Kopf und rauben dir den Horizont.

Und Übermorgen ist Neujahr und dann geht das Ganze wieder von vorn los.

Silvester feiere ich mit drei Freundinnen in einem Club. Zum allerersten Mal sind wir an diesem Tag nicht zusammen. Was für ein Jahr, denke ich beim Tanzen, was für ein schweres Jahr für uns zu Ende geht. Ich glaube, wir waren ganz gut. Du lebst noch. Und ich auch.

Als die Raketen in die Luft fliegen und sich die Menschen in den Armen liegen, nehme ich mir vor, nicht mehr länger die Alles-Versteherin zu sein und packe unsere Glückskekse aus.

Erst den für dich: Das, was du siehst, bekommst du auch.

Und dann meinen: Eine bislang schwierige Beziehung wird bis Ende des Monats viel einfacher sein.

Ich soll Anna von dir ausrichten, dass du ihr wünschst, das Glück zu haben, nie an so einer Krankheit zu erkranken. Was der Quatsch soll, frage ich dich am Telefon. Und was für eine Krankheit du denn nun hättest. Ob ich glaube, du spielst krank, kommt böse von dir zurück.

Und dann streiten wir uns. Wunderbar. Jeder ist jetzt wie ein rasender Zug in der Nacht, in denen wir bibbernd am Fenster stehen und uns unser Leben zuschreien.

Später rufst du nochmal an: „Sind wir wieder Freunde?"

Freunde? Niemals sind wir Freunde. Vorhin bin ich an dem Laden vorbei gekommen, wo wir unsere Eheringe haben anfertigen lassen. Wo ist diese Zeit bloß hin. Wir können verliebt sein, verheiratet, traurig, glücklich ... Aber niemals sind wir Freunde.

Am Abend mache ich mir einen DE-LUXE-WALNUT-ENERGIZER SALAT mit I-LOVE-DRESSING. Und schicke danach der Hausverwaltung eine Liste mit Reparaturen, die nötig sind. Auch ein Erfolg.

Heute ist Valentinstag, der Tag der Verliebten, ein er-
fundener Tag der Blumenindustrie und trotzdem schön.
Ich mag das. Überraschungen. Liebe. Bekenntnisse. Ein
bisschen aufgeregt sein. Die Verbundenheit der Welt im
Blödsinn.

Meine erste Idee war, dass wir diesen Tag, in diesem Jahr
ein Samstag, vielleicht zusammen verbringen könnten,
und du bestimmst, wohin wir gehen. Drei Wochen ist dieser Wunsch schon alt und jeden Tag kleiner geworden und
dann verschwunden wie eine Ratte am Morgen, weil keine
Antwort von dir kam.

Ich hatte noch kurz überlegt, dir einen Liebesbrief zu
schreiben. Aber ich hatte keine Lust.

Als du später kommst, schenkst du mir einen kleinen
Blumenstrauß, einen Blumenstrauß, wie ich ihn mir immer gewünscht hatte. Nur fühlen konnte ich ihn nicht. Ich
sah ihn. Und durch ihn und dich hindurch und dann bin
ich zwei Tage allein zu Anne ans Meer gefahren.

Wieder zu Hause, war der Blumenstrauß weg. Komi-
scherweise bist du da. Die Katze hat drauf gekotzt, sagst
du und dann fängst du auf einmal bitterlich an zu weinen. Nichts hilft. Du weinst auch noch in der Badewanne
und das Badewasser macht Wellen im Rhythmus deines
Schluchzens und ich knie davor.
Du weinst und weinst und weinst. „Ich kann nicht mehr.
Es muss aufhören", flüsterst du unaufhörlich. „Bitte Bel-

la, ich will nicht mehr leben, ich kann nicht mehr, bitte lass mich gehen." Ich weiß nicht, was passiert ist. Ich frage dich nach heute, nach gestern, nach deiner Medizin, warum du nicht im Krankenhaus bist. Keine Antwort. Nur die endlosen Tränen und dein pochendes Herz unter meiner Hand sind da. Meine Hand liegt auf deiner Brust. Ich habe sie dahingelegt, damit du zur Ruhe kommst. Wie bei den kleinen Babys. Du bist kein Baby, du bist ein Mann, mein Mann. Deshalb bin ich froh, sie da lassen zu dürfen. Eine Handvoll Wärme von mir. Und dein ganzes Herz.

„Bevor du springst, lässt du alles fallen, ja? Du setzt dich auf dein Rennrad und fährst los. Du wolltest doch über die Alpen fahren? Und dann fährst du weiter, einfach weiter, immer weiter. Und schickst mir Postkarten, ja? Und wenn du dann zurück kommst und es ist immer noch nichts gut, dann kannst du dich umbringen, okay? Bitte, Schatz, ja? Du kannst nicht mit diesem Traum von einem Dach springen...", so rede ich auf dich ein.

Es ist zu kalt, ist deine Antwort und Wir haben kein Geld dafür. Aber für den Suizid, denke ich.

Inzwischen bist du aus dem Bad raus, rennst auf und ab, chattest am Computer mit einer Hilfestelle für Suizidgefährdete, rauchst, versuchst zu telefonieren, erreichst Klara, sie beruhigt dich, du sprichst, rauchst, weinst. Weinst. Weinst. Und dann fährst du in die Klinik. Kurz bevor du da bist, rufst du mich noch mal an.

„Ich habe noch die ganze Fahrt über geweint", sagst du, „aber ich habe es geschafft. Ich bin da."

Am nächsten Morgen willst du schon wieder sterben.

Ich werde wütend: „Ja und wie stellst du dir das vor? Einfach so abzuhauen und mich mit den ganzen Fragen zurückzulassen!"

„Frage. Ich werde sie dir alle beantworten."

Ich frage nicht. Ich bin wütend.

„So eine Scheiße. Wenn du Ruhe haben willst, leg dich hin und steh nicht wieder auf. Und die Sonne wird aufgehen und wieder unter und aufgehen und wieder unter und aufgehen und du wirst daliegen und eines Tages wirst du die Augen aufmachen und sagen: Die Sonne ist aufgegangen. Aber, wenn du springst, wird die Sonne nie wieder aufgehen! Nie, nie wieder! Und du hast es versprochen, du hast versprochen, mir den schönsten Strand der Erde zu zeigen; und du wolltest mich noch einmal heiraten; und Max – was soll ich denn Max sagen? Der braucht doch einen Opa, seinen Opa!!! Du hast doch auch einen gebraucht!!!"

„Sag ihm, dass ich ihn lieb hab."

„Sag es ihm selber."

Ich bin schon wieder nicht in der Lage zu arbeiten oder zu kochen. Ich lege meinen Kopf mit dem Ohr auf den Tisch, mein Oberkörper klappt auf meinen Oberschenkeln und die Arme baumeln einfach so daneben. Ich schluchze und schluchze und denke an heute, gestern, heute, morgen.

Morgen.

Morgen? Weine ich.

Liebe?

Ach, liebe.

Schönes Gedicht. Was einem so einfällt in der Not. Und die Katze kommt und guckt. So geht das nicht weiter. Es muss aufhören. Meine Tochter hat heute Geburtstag. Ich schaffe es irgendwie, mir einen Tee zu kochen und starre auf meine Hand, die an meinem Arm dran ist und die die Tasse hält. Es kostet mich extreme Mühe, sie an meinen Mund zu führen. Dann packe ich endlich Annas Geschenk ein und fahre zu ihr. Wir trinken Sekt und kichern glatt ein bisschen rum und dann rufst du schon wieder an.

„Kann ich für zwei Tage die Wohnung haben? Für mich allein?"

Ich habe das Gefühl, ich kippe um. Die Bürosituation bei Anna hilft mir, sachlich zu bleiben.

„Nein."

„Bitte, bitte, nur zwei Tage, für mich."

Es klingt so jämmerlich, dass mir ganz schlecht wird.

„Nein! Was soll das? In dieser Situation! So, wie es dir geht, so fremdgesteuert, wie du gerade bist. Ich kann dir anbieten, dich ins Krankenhaus zu fahren, wenn du willst. Von wo auch immer. Du bist krank, hast du das vergessen, deshalb wäre das das Beste, damit du damit nicht allein bist."

Und ich will auch nicht mehr so mit dir alleine sein.

Als ich wieder zu Hause bin, ist wieder kein klarer Gedanke möglich. Ich denke einfach was grad kommt, warum es vier Kabel sind, zum Beispiel. Vier Kabel für einen einzigen Fernseher. Ist doch blöd, oder? Vier Kabel. Ich sitze da und versuche den Sinn zu erfassen. Versuche meinen erstarrten Blick vom stummen Fernseher abzuwenden. Versuche so einiges abzuwenden.

Im Bad werkelt der Handwerker und baut das neue Waschbecken an. Die Musik aus dem Küchenradio dudelt vor sich hin. Sie ist das Alibi, dass das ein ganz normaler Tag ist. Ein ganz normaler Morgen.

Eine ganz normale Familie.

Und dann ruft Anna an und erzählt, dass eine Frau bei ihr angerufen hätte und gefragt hat, ob sie dich kennt. Eine Frau, mit unterdrückter Nummer. Und dass sie, bei der Frage nach dem Warum, aufgelegt hat.

Mir ist sofort schlecht. Wer war die Frau? Was wollte sie? Wollte sie die Frau von dir sprechen?

Du liebst mich doch, oder? Was macht dich so fertig? An wen hast du die MMSs geschickt, die auf unserer Telefonrechnung aufgelistet waren? Welche Entscheidung kannst du nicht treffen? Warum darf niemand zu dir ins Krankenhaus? Warum werden immer alle Termine verschoben? Wo bist du?

„Danke, dass du mir das gesagt hast", sage ich zu meiner Tochter mit tapferer Stimme und versuche, ihr damit die Sorge um mich zu nehmen und lege auf. Und mit dem Pling des Auflegens ist das Pling in meinem Kopf.

Jemanden zu kontrollieren, ist nicht mein Ding. Aber ich werde es tun. Etwas, was ich noch nie gemacht habe, ich werde die Nummer, an die du vor einem Monat drei Nachrichten geschickt hast, anrufen. Komisch, dass einem eine einzige Nummer unter den vielen auf einem langweiligen Verbindungsnachweis plötzlich ins Auge springt und nicht mehr loslässt. Also wem gehört sie? Ich will wissen, wer da rangeht. Nicht von hier aus werde ich anrufen, nicht von unserem Anschluss. Auch eine Freundin werde ich nicht mit hineinziehen.

Also mache ich mich mit ein paar Münzen und der

fremden Nummer in der Hand auf den Weg. Vor dem türkischen Späti mit den etwas schmuddeligen Kabinen für Auslandstelefonate, sehe ich schon von weitem viel zu viele Männer stehen. Leitern und Farbe und neue Fenster entdecke ich auch. Trotzdem ist der Laden offen. Ein Mann mit Lachfalten um die Augen und mit neuen Regalen im Rücken lächelt mich an.

„Darf ich bei Ihnen mal kurz telefonieren", frage ich, „Inland, Handynummer?"

„Nicht mehr." Er schüttelt den Kopf: „Nicht gut Umsatz. Heutige Zeit."

„Oh", sage ich und verwandle meinen, Wirklich nur einen Versuch und wenn es nicht klappt, lasse ich es sein, in drei Versuche um. Der Verkäufer schickt mich die Straße hinunter und dann links. Die Straße runter und dann links ist Versuch Nummer zwei. Auch dort gibt es keine Telefonkabinen mehr.

Entspann dich, schimpfe ich mit mir. Du hast doch noch einen Versuch. Einen. Plötzlich erinnere ich mich an die Zeit, als noch kaum jemand ein Telefon hatte und schon gar keins auf der Straße, an die Zeit, als man Ferngespräche in der Post angemeldet hat und auf die Verbindung warten musste, oder eine Nachricht, eine quasi SMS als Telegramm verschickt wurde. +++ ich liebe dich +++ warte auf dich +++ zuhause +++ gleich hinter der Tür +++ komme schnell +++ Wie gern würde ich dir jetzt ein Telegramm schicken. Aber das geht ja nicht mehr.

Also gehe ich zur Post. Die Frau hinter dem Schalter zeigt stumm mit dem Finger durch das Fenster nach draußen. Eine Telefonzelle?! Sie ist mir noch niemals aufgefallen. Immer nur die zwei Briefkästen davor und der alte Mann, der daneben stand und seine Zeitungs-Abos verkaufen wollte. Ob er noch lebt? Er steht schon lange nicht mehr dort. Ich hätte ihm eins abkaufen sollen.

Und dann habe ich den Telefonhörer in der Hand. Ich zittere und mein Herz klopft. So müssen sich die Frauen gefühlt haben, wenn sie im Mittelalter auf den Scheiterhaufen geführt worden sind. Scheiter-Haufen, was für ein Wort. Doch niemand beachtet mich. Niemand hört mein Herz. Die Leute gehen an mir vorbei oder starren aus ihren Autos zur Ampel, ein Fahrradfahrer rückt seinen Helm zurecht, Kinder schupsen sich lachend. Ich werfe das Geld ein und wähle die Nummer. Und dann komme ich mir blöd vor. Was, wenn wirklich eine Frau rangeht? Na, was dann? Aber niemand nimmt ab. Keine Frau und auch kein Mann. Niemand.

Als ich Carola beim Sport davon erzähle, lacht sie. „Das hast du doch gar nicht nötig, da anzurufen. Und es ist auch völliger Quatsch. Er liebt dich. Und wenn nicht, dann wird er dir das schon sagen. Und außerdem braucht man manchmal auch mal jemand anderen. Also lass es. Und falls du es unbedingt wissen musst, frag ihn einfach."

Ich schäme mich ein bisschen. Zuhause lege ich mich in die heiße Badewanne und schaue zu deiner Seite und flüstere: „Es tut mir leid, Schatz."

Und doch fallen mir immer wieder Annes Worte ein, die sie mir am Valentinswochenende bei ihr am Meer mitgegeben hat. „Du musst ins Krankenhaus gehen", hat sie mich beschworen, „und mit einem Arzt sprechen, scheiß egal, ob sich da grad jemand umgebracht hat oder umbringen will oder der Termin verschoben werden musste oder dein Mann nicht dabei ist. Du musst das tun! Nur für dich. Es ist auch dein Leben. Du hast ein Recht darauf zu erfahren, welche Therapien anstehen, was das bedeutet, worauf du dich einstellen musst, wie die Aussichten sind. Wenn du willst, komme ich mit, aber du musst das tun. Unbedingt. So geht das nicht weiter."

Ich weiß, dass sie Recht hat. Ich weiß, dass ich etwas tun, etwas entscheiden muss, schon lange. Es ist nicht gegen dich Schatz, sondern für uns, verstehst du, also habe ich dir eine SMS geschickt.

Als ich vom Einkaufen zurückkomme sitzt du in deinem weißen Hemd und schwarzen Anzughosen da und schaust mich mit stechendem Blick an: „Du wolltest reden? Also rede!" Du machst mir Angst. Ich versuche mit: „Du siehst gut aus. Wo willst du denn heute noch hin?", Land zu gewinnen und stelle den Einkauf in die Küche und setze mich dann dir gegenüber. Der Tisch ist zwischen uns, auf meiner Seite ist die Tür. Ich möchte meine Augen einmal auf und wieder zu und wieder auf machen. Und dann soll alles gut sein. Und dann flirten wir ein bisschen, ja? Und du kitzelst mich ein bisschen und dann der Kuss auf meinen Hals und...

„Neuer Kunde. Also was ist?"

„Oh schön. Und was hat dein Arzt heute gesagt?"

„Gehe ich erst noch hin."

„Ich komme mit."

„Zum Arzt? Nein."

„Hör mal, wir haben so oft darüber geredet. Es ist wichtig. Es ist mir wichtig. Ich brauche einen Ort, ein Bild, ich brauche dich. Es geht mir nicht gut. Ich bin hier allein, ich bin besorgt, ich verstehe so viele Dinge nicht. Ich will deine Hand und das gemeinsam mit dir durchstehen. Ich brauche einen Arzt, einen Therapieplan, eine Aussage, was du hast, was das bedeutet, wie der Weg ist, womit wir rechnen müssen."

„Wenn du heute mitkommen willst, dann trenne ich mich. Dann packe ich gleich meine Sachen und in zwei Wochen gebe ich dir Bescheid, wo das Auto steht. Du siehst mich dann nie wieder!"

„Warum drohst du? Das kann doch nicht deine Antwort sein. Was soll das? Wenn etwas ist, sag es. Aber ich habe als deine Frau auch ein Recht darauf, zu wissen, was los ist."

„Es ist immer dasselbe. Mein ganzes Leben muss ich mich schon erklären und Beweise vorbringen."

„Es geht jetzt nicht um dich. Es geht um mich.

Mich interessieren auch nicht deine Arztgespräche. Ich will ein Arztgespräch für mich."

„Weißt du eigentlich, wie auf Messerschneide es gerade steht?! Ich weiß nicht, wo mir der Kopf steht. Wie mein Plan ist. Es ist meine Krankheit! Nicht deine. Ich bin noch nicht bereit. Will mich denn keiner verstehen?"

„Ich brauche das nicht zu verstehen. Ich sehe, wie es dir geht. Wie schlecht und wie schlechter jeden Tag. Aber du musst das nicht alleine durchstehen. Da sind viele Hände, die dich stützen, dir helfen wollen, Halt geben können. Wenn ich mir was wünschen kann, dann ist es das, dass du alles fallen und dich auffangen lässt."

„Ich schau mir heute eine Klinik an."

„Eine Klinik? Wieso? Ich denke, du bist in einer Klinik?"

„Ja, aber diese ist dann nicht wie ein Krankenhaus."

„Ja, und was sagen deine Ärzte von jetzt dazu?"

„Sie sagen, dass es gut ist, wenn ich was für mich mache. Es wäre dann vollstationär."

„Bist du denn jetzt nicht stationär?"

„Jetzt ist es eine ambulante Therapie."

„Und wo schläfst du dann?"

Und schon sind wir wieder beim Anfang.

„Heute um siebzehn Uhr will ich mich entscheiden. Und dann rufe ich dich an."

Und ich antworte: „Du hast bis Samstag Zeit, zusammen mit mir ins Krankenhaus zu gehen, sonst bin ich weg."

Und plötzlich guckst du mich mit deinen dunklen Augen an und sagst einfach: „Ja." Das ist neu. Und neu ist auch, dass du mich die ganze Zeit angeschaut hast, dass die ganze Zeit deine Augen auf mir ruhten. Und dann stehst du auf, kommst um den Tisch herum und nimmst mich in den Arm und sagst ganz warm und ruhig: „Ich liebe dich."

Es ist immer noch Mittag, immer noch der gleiche Tag, immer noch keine Sonne in Sicht, aber zwanzig Minuten später, als du wieder anrufst.

„Ich breche alles ab. Ich komme nach Hause."

„Wie, du kommst nach Hause?"

„Darf ich nicht nach Hause kommen?"

„Immer darfst du nach Hause kommen. Immer. Es ist doch dein Zuhause."

„Und warum freust du dich dann nicht?"

„Doch, ich freue mich", lüge ich, um Zeit zu gewinnen und um die wieder andere Joker-Situation überlegt zu meistern, „ich freue mich, weil du dich entschieden hast, lebendig zu bleiben, das ist doch schon mal ein Anfang."

Gleichzeitig versuche ich, weiter konzentriert zu bleiben.

„Was steht am Wochenende an?"

„Nichts, außer dass am Samstag Annas Geburtstagsfeier ist."

„Ich will mit dir wegfahren. Mach drei Vorschläge."

„Nein, du."

„Nein, du. Und ich suche aus."

„Na, spazieren gehen. Ein Stück rausfahren und dann einfach laufen. Oder wie wäre es mit der Ostsee? Früh hin und am Abend zurück?"

Scheiße, ich komme vom Weg ab.

„Weiter. Etwas anderes. Können wir nicht jemanden besuchen?"

Ich will nicht.

„Ich will niemanden besuchen. Aber wir haben doch noch die Saunagutscheine für die Dachterrasse. Wie wäre das?"

„Das nicht, bitte nicht. Etwas anderes. Können wir nicht zu Klara fahren?"

„Klara ist nicht da."

Was läuft hier? Konzentrier dich.

„Können wir nicht zu Andre´ fahren?"

Wieso willst du zu meinem Bruder? Was willst du wirklich? Was!? Und auf einmal bin ich wieder klar, ganz klar und sage: „Weißt du, ich will nirgendwohin, außer zu dir in die Klinik. Wir können dort spazieren gehen."

„Ich komme nach Hause. Ich will nicht mehr in der Klinik sein."

„Das geht nicht. Du bist krank."

„Ich will mit dir verreisen."

„Das geht nicht. Du bist krank."

„Bitte, Bella!"

„Erst will ich deinen Arzt sprechen."

Und dann hast du Henning noch angerufen und auch nochmal mit Klara gesprochen. Danach bist du zu Lilly und Henry gefahren. Allein. Auf dem Weg dahin warst du so glücklich. Du hast mich angerufen und warst so voller Freude. Über den Nebel auf den Feldern. Über das Unterwegssein. Über den Himmel. Und dann hast du mir noch zwei Nachrichten geschickt.

„Ich weiß, was ich tun muss, ich weiß es jetzt. Bella, alles wird gut. Alles, Bella, alles, alles."

Und am Abend: „Ich habe das Gefühl, mit diesem Tag bei allen Tschüss gesagt zu haben."

Deinen Lieblingskartoffelsalat, den Lilly extra für dich gemacht hat, hast du nicht angerührt.
Du bist ins Gästezimmer gegangen und hast die Tür hinter dir verschlossen.

Teil 2

ICH

If I could start again
A million miles away
I would keep myself
I would find a way

Aus dem Song Hurt,
von Trent Reznor,
Sänger der Band Nine Inch Nails

Ich saß immer noch auf unserem Küchentisch, wo ich die Anrufe entgegengenommen hatte, auf dem selbstgebauten, das gusseiserne Gestell der Nähmaschine meiner Großmutter mit der alten Holzplatte drauf. Ich war froh, dass ich saß. Meine Füße hatte ich auf der Sitzfläche des Freischwingers abgestellt, der vor dem Tisch stand und das Telefon schlaff in der Hand.

Es war vorbei.

Ich hätte gern normal gedacht. Zum Beispiel wie absurd das Wort Freischwinger in diesem Moment war, aber ich konnte es nicht. Ich konnte mich weder bewegen, noch weinen, schreien oder sonst etwas. Eine Drohne umkreiste mich. Ich saß als Genom darin und filmte mich selbst. Ich war tot. Wieso tat mir dann meine rechte Gesichtshälfte weh? Ich tastete nach dem anschwellenden Schmerz, der sich von den Zahnwurzeln bis unters Auge ausbreitete.

Gleichzeitig spürte ich, wie sich der Stress des vergangenen Jahres, der in jeder meiner Zellen zu Hause war und meinen Körper zu einem Minenfeld gemacht hatte, abfiel und sich in einen Mantel aus Eis verwandelte.

Wie ein Boxer auf die Matte gedroschen war der Tag um fünf Uhr morgens in mein Gehirn geschossen. Blöde Kopfschmerzen hatten sich ausgebreitet. Ich weinte die Anspannung ein bisschen weg und schlief noch einmal ein.

Irgendwann hat mich dann das Klingeln des Telefons geweckt. Anna. „Eine Marie hat grad angerufen", hat sie gesagt, „das ist die Frau von voriger Woche, weißt du noch? Also die, die ihren Namen nicht nennen wollte. Sie hat gesagt, dass Tom ihr Freund ist und dass er sich umbringen will und dass sie nicht weiß, wo er ist und dass sie vor Sorgen fast verrückt wird".

Und dass das schon so lange geht mit deinem Umbringen wollen und dem Nichtwissen, wo du bist, und dass sie immer Angst hat und du wieder die ganze Nacht nicht ans Telefon gegangen bist, hat sie auch gesagt und dass sie nicht mehr weiter weiß und dass sie Hilfe braucht, Hilfe von anderen Angehörigen. Die muss es doch geben, Hilfe für dich und dass sie es allein nicht mehr schafft und dass sie hofft, dass Anna eine Verwandte von dir ist, weil ihr doch den gleichen Nachnamen habt und dass sie die Telefonnummer im Internet gefunden hat, und dass du nie wolltest, dass Marie deine Familie kennenlernt, weil die so schlimm ist. Und dass es jetzt aber genug ist und dass Anna bestimmt weiter weiß und helfen kann.

„Vielleicht ist er ja bei seiner Frau", hat Anna gesagt.

Bei mir. Und dann war Marie geschockt.

Als nächstes war mein Bruder am Telefon: „Was machst du denn immer mit Tom? Er ist ja völlig fertig gewesen. Er hat nichts gegessen und nur geraucht und ist in völliger Panik wieder losgestürzt!"

Wie komisch, immer bin ich schuld, dachte ich noch. „Tom wird anrufen und alles erklären", habe ich geantwortet und einfach aufgelegt. Denn da wusste ich schon, dass du immer noch lebst. Als Anna dich bei Henry angerufen hat, bist du ans Telefon gegangen. Sicherlich, weil sie so gut wie nie bei dir anruft. Und wenn, dann ist es wirklich wichtig oder etwas passiert.

War es ja auch. Anna hat dir gesagt, dass Marie Bescheid weiß.

Und dann hast du angerufen.

„Kann ich offen mit dir reden, Bella", war dein erster Satz.

„Oh, ich dachte, das machen wir die ganze Zeit."

„Ich habe einen Fehler gemacht, Bella, einen großen Fehler."

„Und der wäre?"

„Ich habe mich vor einem Jahr verliebt und wohne seit dem bei der anderen Frau."

„Marie?"

„Hm."

„Du warst gar nicht im Krankenhaus?"

„Nein."

„Du warst die ganze Zeit bei ihr?"

„Die ganze Zeit, ja, wenn ich nicht bei dir war."

„Das ist schön."

„Wie, das ist schön? Wieso schimpfst du nicht?"

„Nein, warum sollte ich? Liebe ist doch immer schön. Und außerdem ist das doch endlich mal eine gute Nachricht."

„Nein, ist es nicht. Du hast ja keine Ahnung, wie es mir geht. Ich halte es nicht mehr aus, Bella, es ist so schlimm. Ich habe immer nur Stress mit Marie, mit ihren Kindern, mit ihrem Exmann, mit dem ich mich geprügelt habe, du erinnerst dich doch noch an mein blaues Auge, mit der Arbeit und dann auch noch der Stress mit dir. Ich schaffe mein Leben nicht mehr. Ich schaffe es nicht. Bella, bitte, hilf mir. Bitte. Ich liebe dich. Ich will zu dir. Ich will uns. Bitte. Bitte, bitte sag mir, was wir jetzt machen."

Und dann habe ich tief Luft geholt. Dass das noch ging, bei der ganzen Watte, die mich plötzlich umgab. Die ganze Wohnung war so voll davon. Überall war Watte. Ich versuchte sie mit der Hand wegzuschieben, um an mein Ohr zu kommen. Aber ich konnte sie schon nicht mehr bewegen. „WAS wir jetzt machen? WIR? Wir machen gar nichts. DU fährst nach Hause und nimmst deine Sachen und legst die Schlüssel auf den Tisch."

Und all die Watte verwandelte sich augenblicklich in ein Meer aus Eis.

Das Eismeer hatte mittlerweile die ganze Küche eingenommen. Dreißig Kubikmeter Eis. Es umschloss den Abwaschtisch, die Spülmaschine, den Herd, den Kühlschrank, das Küchenbuffet mit den Töpfen, dem Wasserkocher, den weißen Tellern und Gläsern und die fröhlichen Küchenutensilien und den Kalender, alles hübsch angeordnet. Und mein rotes pochendes Herz mittendrin.

Das nicht enden wollende Klingeln des Telefons holte mich wieder aus der Tiefe zurück.

Anna. Sie wusste, dass du mit mir gesprochen hast. Sie hatte es von dir verlangt.

Sie wollte kommen. Oh Gott, dachte ich, nicht auch noch jetzt Besuch. Heute ist doch ihre Geburtstagsfeier. Und außerdem wirst du doch gleich hier sein. Ich wehrte ab. Ich würde das schon schaffen. „Ich komme und hole dich", wiederholte Anna ruhig auf jede meiner Antworten, „in zehn Minuten bin ich da."

In zehn Minuten.
In zehn Minuten.
In zehn Minuten.
Was sind zehn Minuten?

Und dann ist sie gekommen und hat mich vom Küchentisch gezogen und lange umarmt und danach angezogen und eingepackt. Und meine Zahnbürste auch. Und Unterwäsche und Socken und Jeans und ein T-Shirt und einen Pullover. Sie zog mir meine Schuhe an und meine Jacke und band mir den Schal um. Willenlos ließ ich mich aus der Wohnung führen, die Treppe hinunter, über den Hof, raus aus dem Haus und ins Auto setzen.

Der Tag war achtzehn Stunden und eine Minute alt.

Natürlich habe ich nicht auf die Uhr geschaut. Aber mein Wecker hat geklingelt und ich habe den Abendhimmel fotografiert, wie ich das jeden Tag getan habe - und dann meine Tochter mich. Und drum habe ich ein Foto davon. Ein Foto vom Ende von mir.

Auf dem Foto sieht man, wie die letzten Sonnenstrahlen rosa Wolken in die blaue Stunde zaubern und die Häuser golden werden. Und wie ich in die Kamera schaue, und hinter mir die Ampel rot leuchtet, und wie ich versuche zu lächeln. Ich lächle wie das Frauen tun, wenn sie hingefallen sind oder umgeworfen wurden oder grad einen Verkehrsunfall hatten. Sie springen auf und grinsen. Ist gar nichts passiert. Nichts ist passiert. Gar nichts. Hier bin ich. Tadaaaa. Alles ist gut. Aber das stimmte nicht.

Nichts war gut. Und Nichts war mehr wahr.

Die nächsten Tage habe ich auf dem Hochbett von Frida und Max verbracht. Ich durfte weder kochen, noch aufräumen, abwaschen, vorlesen, Bausteine stapeln, Kaufmannsladen spielen, rausgehen, mitessen, reden, lachen. Nichts durfte ich, außer - ich wollte es.

Noch, als ich in der Tür stand, nachdem Anna mich abgeholt hatte, und Frida und Max wie immer lachend auf mich zusprangen, zog David die Kinder zur Seite und sagte zu den beiden: „Stopp mal. So, Oma ist hier, weil es ihr nicht gut geht. Wir sind jetzt mal für sie da. Habt ihr das verstanden? Wir kümmern uns." „Was hat Omi denn?", wollte Frida natürlich sofort wissen.

Was sagt man da? Was sagt man Kindern, die drei und sechs Jahre alt sind und die ganze Zeit mit um dich gebangt haben? Denen du in die Augen schauen und dabei sagen konntest: „Ihr wisst doch, Opa geht es schlecht. Deshalb muss ich wieder ins Krankenhaus."

David sagte ihnen die Wahrheit. Behutsam, einfach, die Wahrheit. Trotzdem hat niemand von den Erwachsenen mit einer so heftigen Reaktion gerechnet. Frida brach sofort zusammen und weinte und weinte und weinte und hörte nicht wieder auf. Ihr Papa hat sie aufgefangen und ins Bett getragen und dann hockten wir alle um sie herum und unsere Tränen kullerten lautlos mit.

„Meine Familie", schluchzte sie immer wieder, „meine Familie, meine Familie, meine Familie, meine Familie, meine Familie, meine Familie, meine Familie, meine Familie, meine Familie."

Meine Familie.

Am Tag eins hast du siebenundzwanzig Mal angerufen. Aber ich habe nicht abgenommen.

Ich konnte nicht sprechen, wollte nicht sprechen und auch nicht telefonieren, schon gar nicht mit dir.

Außerdem schwamm ich gerade in einem Seerosenteich. Es war so schön, so schön warm. Und wenn ich unter der Bettdecke die Augen öffnete, brach sich das Licht über mir, so schön.

Ich werde einfach nie mehr aufstehen. Niemals mehr. Nie. Nie. Niemals. Nie wieder.

Alle werden am Ufer sein und mit dem Finger auf mich zeigen.

Natürlich sprach es sich sofort rum.

Aber die vielen kleinen Nachrichten und Briefe, die ich bekam, taten mir gut. Ich fühlte mich nicht mehr so allein damit und begann zu ahnen, dass ich nicht blöd bin und auch nicht schuld, obwohl mir noch nicht klar war, dass ich wenigstens das wissen sollte.

Barbara schrieb, dass du es nicht wert bist, dass es mir schlecht geht wegen dir: „So ein Depp!". „Alles wird wieder gut", versicherte mir meine Nachbarin Julia. Marion sagte, dass sie jederzeit für mich da ist. Und Klara: „Liebste, kannst du die Schmerzen noch tragen? Und wenn es jetzt auch noch schwerfällt, aber reiße dir die Liebe nicht aus deinem Herzen, bewahre sie dir. Und du weißt hoffentlich, dass du jederzeit auch herkommen kannst, ja? Ich drücke dich innig." Und Franka machte mir klar, dass ihr Schwert gezückt war.

Und Carola und Henning, mit denen du grad noch telefoniert hattest und gefragt, was du nur machen sollst mit all den Selbstmordgedanken und gesagt, wie schön das ist, dass sie immer für mich da sind, verstanden die Welt nicht mehr. „Häää, wie? Hilfe uns ist schlecht! Wir drücken dich ganz doll. Lass es fließen - was auch immer es ist - Alkohol, Tränen..."

Am dritten Tag bin ich zum ersten Mal aufgestanden, vom Schleichen zur Toilette mal abgesehen, und habe Annas Geburtstagsblumen geschnitten, damit sie länger leben als ich.

Mehr habe ich nicht geschafft.

Danach habe ich mich wieder in die Ecke vom Hochbett gelegt. Meine Schenkel und mein Oberkörper bildeten einen rechten Winkel. Genau wie die Brüstung vom Bett. Neunzig Grad. Mein Kopf lag als geschlagener Basketball exakt in der Mitte der angrenzenden Wand und starrte zu den Blümchen an der Pendelleuchte. Eine Spinne kroch vom Fenster die Linie zwischen Decke und Wand entlang und bog dann zur Lampe ab, um in deren Verankerung zu verschwinden. Sie kannte den Weg nach Hause.

Und doch brachte mein inneres Autopilotprogramm mich langsam dazu, mich um das zu kümmern, was man zum Überleben braucht. Trinken, trinken, weinen, schlafen, komm versuche es wenigstens, ich will nichts essen, doch ein bisschen, trinken, einmal lächeln, hinlegen, stöhnen, einen Anwaltstermin machen, Passwörter ändern.

Gregor und David hatten bereits das Wohnungsschloss ausgetauscht. Julia hat Minus zu sich genommen und holte die Post aus meinem Briefkasten. Sie wird mir Bescheid geben, falls irgendetwas zu Hause komisch ist.

Komisch.

Frida hat gestern geträumt, dass du mit der Frau zu uns kommst und wir zu dritt auch ein Zimmer bei euch haben.

Und als sie heute mitten in der Nacht aufgewacht ist, hat sie mich angeschaut und gesagt:

„Stimmt's, das mit Opa ist immer noch traurig."

Es ist der siebente Tag nach Null. Seit gestern kommen keine Nachrichten und keine Telefonversuche mehr von dir. Du stehst auch nicht mehr weiter unten auf der Straße und willst David abfangen.

Auch Stille macht Angst.

Es ist Totensonntag, mitten im Februar.

Das letzte Puzzle macht das Bild, das sagt man doch so, oder? David, Anna und ich sitzen jetzt jeden Abend zusammen am Küchentisch und versuchen es zusammenzusetzen.

Geschichte für Geschichte.

Und zwischendurch weine ich wieder. Und Max und Frida auch. Und manchmal weinen wir alle zusammen. Da oben auf dem Hochbett.

Die Kinder fragen viel. Ob man nicht auch mit zwei Frauen zusammenleben könnte. Und ob du in der anderen Familie Weihnachten der Weihnachtsmann warst.

Frida sagt: „Wenn Opas neue Frau mal krank ist, kümmern wir uns aber nicht."

Mein Herz weckt mich jeden Morgen. PENG... PENG... PENG... Als ob es nach einem Herzstillstand mit einem Defibrillator unter Elektroschocks wiederbelebt wird. Und dann kommt die Atemnot hinzu und ich schieße wie eine Rakete in die Höhe. Als nächstes rufen die immer noch unendlichen Zahnschmerzen, wir sind auch noch da.

Meine Zähne passen einfach nicht mehr zusammen. Sie sind wie Steine, die bei einer Lawine ins Rutschen gekommen sind. Als ich am Computer nach der Nummer meines Zahnarztes suche, bleibe ich beim Fotoordner hängen und öffne ihn.

Meine Eltern schauen mich an.

„Gottseidank sind die schon tot", hat Henry gesagt.

David ist mit mir in unsere Wohnung gefahren, die jetzt wieder meine Wohnung allein ist, damit ich ein paar Sachen holen konnte. Es ging mir nicht gut dabei. Ehrlich gesagt, hatte ich Angst. Und der neue Schlüssel fühlte sich auch komisch an. Unsicher habe ich die Tür aufgeschlossen.

Deine Sachen waren weg. Aber eben nicht einfach so. Unser Schrank stand sperrangelweit offen. Auf genau nur einer Hälfte vom ihm baumelten die leeren Kleiderbügel. Und auf der anderen – ich. Also meine Kleider, Blusen, Jacken, Pullis. Auf dem Dielenboden vor unserem Bett hast du Bilderrahmen mit Fotos von uns aufgestellt: unser Hochzeitsfoto; das erste Foto von uns am Meer; wir alle bei unserem Osterspaziergang; dein Lieblingsfoto von mir; wie du mich küsst; mein lachendes Gesicht danach auf dem Balkon in Palma.

Sie stehen so, dass ich, wenn ich hier schlafen würde, sie ansehen müsste.

David hat mich angestupst und gelächelt:
„Wenn du dich auf diese Geschichte noch einmal einlässt, lasse ich dich einweisen."

Es ist neun Tage her, als ich auf dem Küchentisch saß und der Anruf von dir kam. Heute bin ich zum ersten Mal soweit mit dir zu sprechen und wähle deine Nummer.

„Schön, dass du endlich zurückrufst, Bella. Ich wollte dir die ganze Zeit nur sagen, wie leid es mir tut. Aber ich versichere dir, dass niemand in unserer Wohnung war. Niemand. Niemals. Ich habe einen Fehler gemacht, ja. Aber ich bin nicht nur fremdgegangen. Ich war auch im Krankenhaus und beim Psychologen. Das weißt du doch, oder? Du warst doch mit bei ihm", sind deine ersten Worte.

Ich antworte nicht.

„Wie geht es dir", fragst du dann.

„Scheiße."

„Bist du in der Stadt?"

„Warum willst du das wissen?"

„Es wäre mir wichtig."

„Es ist egal."

„Ich wollte dir noch sagen, dass für Geld gesorgt ist. Du musst dir keine Sorgen und keinen Stress machen. Es sind alle Rechnungen geschrieben und raus."

„Ich kann für mich selbst sorgen. Kapierst du das immer noch nicht."

„Willst du das Auto haben?"

„Nein, ich brauche das Auto nicht. Wir haben noch Schulden. Ich würde das Auto verkaufen und die Schulden damit bezahlen. Wenn du das Auto behalten willst, musst du sie übernehmen."

„Die Hälfte."

„Ich besitze die Hälfte der Schulden und das halbe

Auto. Genau wie du. Wer also das Auto behält, ist für die Schulden verantwortlich. Wenn du es behältst, musst du mit Klara sprechen und mit ihr die Rückzahlungen ausmachen."

„Aber ich habe doch immer für die Familie gearbeitet. Und du hast doch Zuhause den Tisch und den Schrank und deinen Computer und den..."

Ich unterbreche dich: „Was soll das jetzt? Habe ich nicht gearbeitet? Habe ich nicht alles für uns getan? Habe ich nicht mein Geld genauso in unser Leben gesteckt? Und mit meinem Erbe, mit dem Geld meines Vaters und mit meiner, für dich gekündigten Rentenversicherung deine Schulden bezahlt? Und kannst du dich erinnern, wer eine Wohnung hatte?! Und einen Tisch? Und einen Schrank? Eine eingerichtete Wohnung mit Terrasse und ein Auto? Und was ist eigentlich mit deinem Erbe, das immer noch nicht da ist. Na, wo ist es! Und wo ist das Haus, dass dein Vater dir hinterlassen hat und das Geld aus Barcelona von deiner Bar, wo ist es abgeblieben, na wo? Es ist immer noch nicht da. Wenn du also über Geld reden willst, nur zu."

„Ok. Ich werde ihr schreiben. Habe ich einen Monat Zeit dazu?"

„Ich denke ja. Das wird kein Problem sein."

„Willst du dich scheiden lassen?"

„Ja."

„Aber warum? W a r u m ? Ich habe doch nur e i n e n Fehler gemacht!"

„Verstehst du das immer noch nicht? Du hast nicht einen Fehler gemacht. Du hast mich auch nicht nur betrogen, ein Jahr lang. Du hast mich missbraucht. Meine Gefühle missbraucht, mich mit den schlimmsten Geschichten in einen Dauerzustand der Angst versetzt. Inklusive der Kinder, der Familie und unserer Freunde. Kannst du dir nur annähernd vorstellen, wie das ist? Wie das ist, jeden Abend mit Todesangst um seinen Mann ins Bett zu gehen und morgens damit aufzuwachen. Und nicht zu wissen, ob du dich in dieser Nacht umgebracht hast und wie und wo! Und Bücher über Depression zu lesen, während du Marie vögelst!"

„Ich wusste das nicht. Ich wusste nicht, dass es für dich nur diesen einen Weg gibt. Dann brauchen wir ja auch keine Ehetherapie mehr zu machen. Ich hatte extra mit Herrn Balan einen Termin abgesprochen. Für uns. Und Marie sollte auch dazu kommen, also falls du das gewollt hättest und auch, damit sie endlich kapiert, dass ich dich liebe. Nur dich."

„Nein, brauchen wir nicht."

„Ich habe verstanden. Wirst du die Wohnung behalten?"

„Weiß ich noch nicht. Eigentlich ja, aber ich weiß noch nicht, ob ich sie bezahlen kann."

„Darf ich noch zwei Monate den Keller benutzen?"

„Wenn du mir versprichst, nicht vor meiner Tür zu stehen, ja."

„Weißt du, Bella, ich wollte in meinem ganzen Leben immer nur ein einziges Mal heiraten. Und immer nur dich! Immer nur wollte ich dich. Du bist meine Frau. Die ganzen Jahre war ich glücklich. Und jetzt gibst du unserem Glück keine Chance. Das macht mich traurig. Aber ich verspreche es dir. Ich werde dich nicht mehr anrufen, dich nicht belästigen..."

Das alles kann nicht wahr sein. Ich will aufwachen daraus und dich fragen, wo du bist. Hinrennen zu dir. Neben dir liegen. Die Augen aufschlagen und es ist Sonntag und unser Bett sonnensommerwarm. Und du drehst dich zu mir, streichst mir eine Haarsträhne aus dem Gesicht und gibst mir einen sanften Kuss auf die schönste Stelle zwischen Hals und Nacken. Und dann fragst du mich, ob ich gut geschlafen habe. Und ich finde mich in deinen schokobraunen Augen wieder und werde sagen, dass ich einen so, so, so furchtbaren Traum hatte. Und du wirst mich umarmen und mir ins Ohr flüstern: „Dann ist er ja jetzt vorbei."

Doch die Wirklichkeit holt mich schneller ein, als ein Augenaufschlag dauert.

„... und dann brauchen wir ja auch nicht weiter zu reden. Nimm den Briefumschlag von mir aus dem Briefkasten und zerreiße ihn einfach. Es ist egal, was dort drin ist. Ich bringe mich um."

Sofort lege ich auf. Und ein weiteres Mal, nachdem ich dein Telefonat doch noch einmal angenommen habe und du dann sagst: „Das mit dem Umbringen, das habe ich doch nur so gesagt, das war doch nur Spaß."

Mir ist, als ob die Welt stehen bleibt.
Und ringsherum ist wieder die ganze Watte.

Ich bin froh, dass ich immer noch auf dem Hochbett hocken darf und unter mir das Leben tobt. Beim Abendbrot schaut Frida mich an und sagt:

„Weine doch mal so doll wie ich, Omi, bis zu den Knien. Das hilft."

Als Anna die Kinder zu Bett bringt, will David plötzlich von mir wissen, was ich denke, an welcher Stelle ich komme.

„An erster?", antworte ich unsicher und weiß nicht so recht, worauf er hinaus will.

„Richtig. Und wer kommt an zweiter?"

„Ihr natürlich, also meine Familie, meine Kinder."

„Falsch."

„Falsch?"

„An zweiter Stelle kommst auch du. Und an dritter auch. Und an vierter und an fünfter, bis mindestens an zehnter Stelle. Und an elfter kommen vielleicht wir. Und falls du mal unsicher bist, unschlüssig, zweifelst – frag die Nummer zwei. Zieh alle zu Rate. Frag Nummer drei. Nummer vier, fünf... Und uns gibt es dann auch noch für dich. Aber nie mehr anders herum. Für niemanden. Denk bitte immer daran. Und mache dir keine Sorgen, auch wenn du wieder in deiner Wohnung bist. Du bist trotzdem nicht allein. Wir sind alle da, wann immer du uns brauchst."

Nach vier Wochen ging ich von den Kindern aus zuerst mit Freunden zu einer Ausstellungseröffnung und danach zum allerersten Mal allein in meine Wohnung.

Im Briefkasten lag ein Geschenk von dir. Es war ein Strass-Schlüsselanhänger mit einem Herz, einem Schwan und einem Schmetterling dran und eine Karte mit sechs Wörtern.

Herz = Liebe.

Schmetterling = Seelische Wandlung.

Schwan = Ich möchte zurück.

Ich schmiss beides in den Müllcontainer und klingelte kurz bei Julia und borgte mir ihre zwei Wäscheständer. Sie umarmte mich noch und dann schloss ich die Tür hinter mir ab und machte überall das Licht an.

Und dann fing ich an zu waschen. Alles. Die Bettdecken. Kissen. Laken. Bezüge. Handtücher. Gardinen. Duschvorhänge... meine Sachen. Alles, was du je angefasst haben könntest. Und dann putze ich. Türen. Türgriffe. Telefone. Fernbedienungen. Lichtschalter. Bad. Küche. Tische. Radio. Fernseher. Wecker. Waschmaschine... und das Küchenfenster. Aber da war es schon am Morgen.

Deine Kaschmirdecke war noch da, du weißt schon, die, die dir Klara geschenkt hat, weil dir immer so kalt war. Ich steckte sie in einen Plastiksack und brachte sie zusammen mit den anderen Dingen, die ich von dir noch fand, in den Keller.

Der Keller ist die erklärte Sicherheitsschleuse für uns, für alles, was zu regeln und zu übergeben sein wird.

Übergeben. Ein schönes Wort.

Nachdem ich ein bisschen geschlafen hatte, rief ich als erstes Frau Winkler an, unsere Steuerberaterin. Ich wollte meine Finanzen geregelt wissen. Da sie außerhalb Berlins wohnte, kannte ich sie nicht persönlich. Du hast immer von ihr geschwärmt und bisher alles mit ihr allein geregelt.

„Hallo Frau Winkler, hier ist Frau Savane, ich wollte mal nachfragen, ob Sie unsere Steuer vielleicht schon fertig haben?"

„Ach, das ist schön, dass Sie anrufen, ich wollte mich auch schon bei ihnen melden, denn ich habe ein paar Probleme damit."

„Probleme? Oh, welche denn?"

„Na, weil ich ihre Steuerunterlagen noch gar nicht hier habe. Und es muss doch gemacht werden."

„Ach, wo sind sie denn dann?", fragte ich ganz naiv. Schließlich gebe ich immer ein bisschen vor Klara an, dass ich in der Woche nach Weihnachten das Jahr immer schon sauber abschließe und alle meine Unterlagen fertig habe. „Mein Mann hat sie doch im Januar zu ihnen gebracht."

„Davon weiß ich nichts."

„Und ist die von meinem Mann denn schon fertig?"

Frau Winkler hüstelte ein bisschen: „Die von ihrem Mann habe ich noch nie gemacht, immer nur ihre." „Immer nur meine?", fragte ich fassungslos.

„Ja. Aber da ist noch ein Problem", räuspert sie sich, „da sind noch Rechnungen offen."

„Es sind noch Rechnungen offen?"

„Um genau zu sein, die der vergangenen drei Jahre."

Augenblicklich brach ich zusammen, nicht auch das

noch, nicht noch mehr Probleme, ich kann nicht mehr. Unter Tränen flüsterte ich: „Wie viel... wie viel Geld bekommen Sie denn noch?"

„Siebenhundertsechzig Euro."

„Siebenhundertsechzig Euro?"

„Siebenhundertsechzig Euro."

„Aber warum haben Sie mich denn nicht angerufen oder mir geschrieben?"

„Ach, ich wusste doch, wie viel Stress Sie mit der Pflege ihrer Eltern hatten. Ihr Mann hat es mir erzählt. Und deshalb wollte ich Sie nicht auch noch belasten. Außerdem ist ihr Mann immer so nett. Ich habe mir gedacht, das wird schon."

Als ich mich wieder gefasst hatte, rief ich beim Finanzamt an. Ich wollte Bescheid geben, dass ich eine Fristverlängerung bräuchte. Aber leider habe ich niemanden erreicht. Erst Donnerstag wieder, sagte die Informationsstimme des Finanzamtes. Donnerstag also, seufzte ich und trug es mir als wichtigen Termin in meinen Kalender ein.

Ich packe also jetzt jeden Tag Lastenschiffe und schicke sie aufs Meer. Jeden Tag stehe ich da und will fröhlich hinterherwinken, aber es gelingt mir nicht. Ich bin schon ganz irre von den immer neuen Problemen und der ganzen Packerei und dem Klingeln der Telefone. Also stehe ich am Abend schlaff am Strand der Scheiße und lege wieder meinen Kopf auf den Schreibtisch und jammere: „Komm zurück, Leben." Gegen den Wind. Es ist immer Gegenwind, es wird jetzt immer Gegenwind sein und kalt, denke ich. Nichts wird mich jemals wieder wärmen.

Am nächsten Tag war ich wieder guter Dinge. Ich hatte einen Anfang gefunden und mit der Steuerberaterin einen Deal für das Abzahlen der Schulden gemacht. Ich war am Morgen schon beim Jobcenter gewesen und hatte, zwar unter Tränen, Hilfe zum Lebensunterhalt beantragt, aber ich hatte es geschafft. Ich hatte einen Handwerker in der Küche, der unter der Spüle lag, um den Wasserzulauf zu reparieren und Land am Horizont in Sicht.

Als es klingelte, sprach also nichts dagegen, fröhlich den Hörer der Wechselsprechanlage in die Hand zu nehmen.

„Halloho?"
„Können Sie bitte aufmachen."
„Wer ist denn da?"
„Das Finanzamt."

Ich drückte auf den Summer und war völlig verblüfft. Das ist ja ein Ding, dachte ich. Da ruft man beim Finanzamt an, erreicht niemanden und dann kommen sie persönlich vorbei. Das habe ich wirklich gedacht und, was für ein Service doch, und mich gefreut. Bis ich den Mann sah, der die Treppe hinauf kam. Ein Schrank von einem Mann, der mir kurz seinen Ausweis vors Gesicht hielt, um mich dann zur Seite zu schieben.

„Wer sind Sie denn, und was wollen Sie hier", fragte ich aufgeregt und dackelte ihm in meiner eigenen Wohnung hinterher.

„Das sehen Sie doch. Eine Pfändung. Ich bin hier, um zu pfänden."

„Eine Pfändung!?" Ich kippte fast um. „Aber wieso denn?"

„Das kann ich ihnen nicht sagen."

„Gegen wen denn?"

„Gegen Sie. Sie sind doch Frau Savane?"

„Ja, aber... Gegen mich? Das müsste ich doch wissen", und schon musste ich wieder mit meinen Tränen kämpfen.

„Allerdings."

„Können Sie nicht bitte in einer halben Stunde wiederkommen", bettelte ich, Was soll denn der Handwerker von mir denken, „und dann können wir alles in Ruhe klären. Es muss sich um einen Irrtum handeln."

Der Mann antwortete nicht, er ging weiter in der Wohnung umher und suchte nach Werten.

Was sind schon Werte? Der Fernseher war nichts wert, das Sofa nicht, die Bilder nicht, die Zeichnungen nicht und auch keine Lampen, kein Stuhl, nichts. Nichts bei mir hatte einen Wert. Unter meiner verheulten Oberfläche fühlte ich mich noch schlechter. Ich habe nichts von Bedeutung. Ich bedeute nichts. Ich werde verarscht, ich bin Scheiße, ich kann nichts.

Der Finanzbeamte klebte derweil ein Pfandsiegel, einen Kuckuck, auf meine Kamera und einen auf meinen Computer. „Das dürfen Sie nicht, damit verdiene ich mein Geld", versuchte ich zu protestieren, aber es war eher ein Winseln. „Sechstausend Euro bekomme ich von ihnen bis Freitag oder die Sachen werden abgeholt." „Sechstausend Euro? Aber wofür denn?" Ich wusste nicht, wovon der Mann sprach. Ich wusste immer noch nicht, was hier passierte, was mir passierte, aber der Finanzbeamte sagte nur:

„Sie haben genug Post bekommen."

„Ich habe keine Post bekommen."

„Ich habe einen Titel."

„Ich kenne keinen Titel."

„Lassen Sie mich meine Arbeit machen, es ist eh zu spät für Sie."

Und dann schob er mir ein Protokoll hin, das ich unterschreiben sollte.

„Aber das ist doch noch gar nicht ausgefüllt", krächzte ich ungläubig.

Der Finanzbeamte lehnte sich zurück und lächelte mich an. „Sie wollen doch nicht, dass ich noch weitere zwei Stunden hier bleibe?"

Als ich aufgehört hatte zu zittern, fuhr ich zum Finanzamt und bekam dort endlich die Erklärung für die Pfändung und das dazugehörige Schriftstück überreicht. Der Irrtum war unübersehbar.

Die Forderung hatte mit dir zu tun. Niemand konnte es sich erklären, warum diese bei mir gelandet war. Aber trotzdem standen die Chancen für mich schlecht, den gerichtlichen Titel anzufechten, denn die Einspruchsfrist war seit drei Monaten vorbei. Ich hätte widersprechen können, was ja nicht ging, denn nie ist auch nur ein einziger Brief bei mir gelandet. Aber ich weiß, wann die Post gebracht wird. Und jetzt weiß ich auch, warum du jeden Tag bei uns zu Hause warst.

Genau zu dieser Zeit.

Als ich dich am Telefon anschreie, wo meine Steuerunterlagen eigentlich sind und was hier noch so an Scheiße läuft und dass ich das Auto wiederhaben muss, um damit beim Finanzamt meine, deine Steuerschulden zu begleichen, erfahre ich, dass du es bereits verkauft hast. Mein Auto. Ohne meine Vollmacht. Ohne meine Unterschrift.

Langsam fange ich an zu ahnen, zu was du fähig bist, und was du mit all den anderen Autos gemacht hast. Und warum mein kleines nicht mehr repariert werden konnte. Denn, wer woanders ein Held sein will, braucht Geld. Am besten Bargeld, dessen Herkunft sich nicht nachzuvollziehen lässt.

Meine vermissten Steuerunterlagen standen am nächsten Tag im Keller. Klara ist sofort gekommen und hat mir geholfen. Wir haben zusammen alle Steuererklärungen gemacht, eine Beschwerde wegen des Auftretens des Finanzbeamten geschrieben und trotz geringer Chancen, die Rückstellung des Verfahrens beantragt. Danach haben wir die Pfändungskuckucks einfach abgezogen und mir einen auf die Stirn geklebt.

Das Foto sieht ganz gut aus. Ich ganz nackt mit dem Kuckuck auf der Stirn.

Als Klara wieder weg war und ich allein zu Hause nach dem Einkaufen die Sachen auf den Schreibtisch stellte und mich danach mit dem Zwiebelnetz in der Hand umdrehte, um es in die Küche zu bringen, erstarrte ich vor Schock.

Er saß da, genau in der Mitte auf dem Sofa und schaute mich ruhig an. Jeder Zentimeter davon schien geplant und unverrückbar. Schau, hier sitze ich. Den Kopf leicht zur Seite geneigt, die dunklen Augen ein wenig eingefallen, wie immer eine Spur zu traurig. Es war nur der Teddybär der Kinder. Aber noch nie hat er dort gesessen. Noch nie, nie, niemals. Immer hat er mit den Kindern im Bett gelegen oder auf der Wäscheleine gehangen oder zwischen Bausteinen seinen Abend verbracht. Aber niemals, wirklich niemals saß er auf dem Sofa.

Der Feind in meinem Bett fiel mir unwillkürlich ein und ich ließ die Zwiebeln fallen und rannte ins Bad. Ich wurschtle die Handtücher durcheinander und hastete in die Küche. Die Gabeln im Besteckkasten lagen kreuz und quer, also ganz normal, alles war normal, nur nicht in mir. Die plötzliche Panik war so groß, dass sie nicht mehr durch meinen Hals passte. Kann es sein, dass du hier warst? Nein. Unmöglich. Wir haben doch das Schloss ausgetauscht. Aber du bist immer noch hier gemeldet und unsere Adresse steht in deinem Ausweis. Hast du dir vom Schlüsseldienst die Tür öffnen lassen? Was willst du mir noch sagen? Was will mir das hier sagen? Konzentriere dich. Wovor hast du Angst, an was hast du nicht gedacht? Was kann das sein? Was nicht? Waaas?

Erst nachdem ich mich wieder sortiert hatte, fiel mir Paula ein. Sie war heute Vormittag da und hat ein Regal für mich gebaut, ein Regal für das Zimmer, was ich an Studenten vermieten will, vermieten muss. Ich rief sie an. „Ach, der Teddy, ja, den habe ich dahin gesetzt. Krümel sollte nicht darauf rumkauen und dann alles vollsabbern. Ist doch ein Kinderspielzeug und nicht für Hunde."

Gin war meine erste Studentin. Italienerin, dreiund-
zwanzig, witzig und schön. Da Gin nach Zürich ziehen
wollte, musste sie Deutsch können. Ihre Sprachschule ist
gleich bei uns um die Ecke, ein richtiger Campus, wie aus
einem amerikanischen Film. Bunte Outdoor Möbel sind
auf dem Rasen verteilt und Menschen aus aller Welt. Sie
lachen, schlürfen Milchkaffee, manche küssen sich oder ei-
len zur nächsten Stunde.

Ich koche für Gin und mache ihr jeden Tag Frühstück.
Ich erkläre ihr die Stadt, unsere Sprache und passe auf, dass
es ihr gut geht. Und somit auf mich. Mit ihr ist die Fröh-
lichkeit wieder in mein Haus eingekehrt, und Normalität,
und Rhythmus und Wahrheit, denn, wenn ich jetzt morgens aufwache, existiert alles wirklich. Ich, Gin und jedes
Wort.

Wenn wir am Abend zusammen essen reden wir eng-
lisch, deutsch und mit Händen und Füßen. Es geht um
Politik, Liebe, Stadt, Land, Fluss, Fußball, Gesundheit, Essen, Zukunft, Jungs und Mädchen, Männer, Frauen und
Frauen. Immer müssen wir kichern. Ach, wenn ich mutiger gewesen wäre, hätte ich für die Stunden, die ich mit
meinen Gaststudenten am Abend habe, einen YouTube
Kanal eingerichtet, with the world at dinner.

Doch bei der Vorstellung, dass du...

Ich renne jetzt täglich fünfmal zum Briefkasten und schaue zehnmal online auf mein Konto.

Es ist nichts passiert. Es ist nichts passiert. Es ist nichts passiert. Alles ist in Ordnung. Es wird nichts mehr passieren, nichts, von dem ich nicht weiß.

Und doch zerreißt es mir das Herz, wenn wir telefonieren müssen, um irgendetwas zu regeln. Mit der Wohnung, der Scheidung, dem Notar. Jedes Mal spüre ich, wie traurig du bist. Und noch immer fällt es mir schwer, nicht darauf zu reagieren.

Aber ich bleibe sachlich. Vielleicht helfe ich dir damit. Vielleicht ist es auch das erste Mal, dass ich dir damit wirklich helfe.

Und mir.

Als ich dir eines Tages wieder etwas in den Keller zum Unterschreiben hinlegen wollte, stand ich plötzlich vor weißen Kalkwänden. Der Raum war fast leer, nur das Weihnachtsmannkostüm bammelte am Heizungsrohr und meine Blumentöpfe und die Dekokiste standen auf dem Steinboden. Unser Hochzeitsalbum hattest du obenauf gelegt.

Es anzuschauen ist, als wenn man Tankstellenvideos guckt, um herauszubekommen, wann der Überfall stattgefunden hat. Ich blätterte vor und zurück und zurück und vor. Wann? Warum? Warum mich?

Unsere Haarschneidemaschine hast du mit dorthin genommen, stimmt´s? Und die Autokindersitze von Max und Frida. Und meinen Valentinsstrauß. Für sie, in deine Parallelwelt. In das Hochhaus mit dem Glasdach davor.

Du warst mit ihnen im Schwimmbad. Und im Schwarzwald. Und auf Mallorca. Hast du eigene Hausschuhe gehabt? Einen Schlafanzug? Und einen festen Platz am Tisch? Und im Bett? Hast du dort essen können? Und die Augen schließen? Und warum hast du sie wieder aufgemacht?

Wozu?

Ich habe immer gedacht, irgendwann überfährt mich mal eine Straßenbahn. Im Alter. Verstehst du? An einem sehr schönen Tag, an dem ich grad die Straße überqueren will und nicht aufpasse, weil ich auf der anderen Seite Rosen entdeckt habe.

Jetzt warst du es.

Nach und nach sickert deine Geschichte in meine Herzkammern ein. Krankheit, Betrug, Verrat, Lüge, Missbrauch, alles in einer einzigen Geschichte. Wie dumm bin ich, frage ich mich und auch die dumme Frage, ob ich zu alt war, macht sich in mir breit. „Ach, Scheiße", redet Georgia auf mich ein, „jede Neunzehnjährige würde sich das jetzt auch fragen und sich genauso fühlen wie du."

Ich gehe trotzdem zu einer Psychologin. Frau Leander lächelt mich an: „Wenn Sie jünger gewesen wären, wäre es sicher noch schlimmer geworden. Bei Manipulation hat man kaum eine Chance."

Jetzt weine ich vielleicht noch so ein, zwei Mal am Tag. Ich weiß nicht, ob das reicht.

Es kommt dann ganz plötzlich, wie eine Windböe, ein Streicheln durchs Haar. Jetzt zum Beispiel. Ich stehe über die Erdbeeren gebeugt. Und die Schultern fangen an zu zucken und mein Rücken krümmt sich und ich muss das Messer weglegen. Und mich in den Arm nehmen. Und mein Herz fassen.

Oder letztens, als ich mit Lilly in der Sonne gesessen habe und sie mir von ihrer Freundin erzählt hat, die in einer Klinik ist. Ohne Vorankündigung liefen mir die Tränen. Ich saß einfach da und heulte und heulte und heulte und zählte Lilly alle Krankheiten auf, die ich in den vergangenen Wochen wirklich hatte. Kreisrunden Haarausfall, Tinnitus, Schlaf- und Atemstörungen, Panikattacken, Bluthochdruck, Gürtelrose, Entzündung der Gesichtsnerven und Schmerzen im Unterleib - und dass mein Kurantrag abgelehnt wurde. Und die Tränen liefen dabei immer weiter.

Aber weißt du was schön dabei ist? Jetzt?
Ich weine für mich.

Gestern hast du mich angerufen, um mir zu sagen, dass du dich noch nicht entschieden hast, ob du dich wirklich scheiden lässt. Ich bin dein Leben.

Heute morgen, im Bad, hatte ich wieder Haare in der Hand.

Den ganzen Tag spielt das Radio schon Liebeslieder. Ich könnte den Sender wechseln, aber ich will nicht. Mir fallen unsere ein. Pazzo di lei. Und meine. Just a perfect day. Und deine. Einer dieser Steine. Und dass du gar nicht mich damit gemeint hast, als du das Lied pausenlos gehört hast. Und dass die Adriano Celentano CD schon verschwunden war, als wir noch zusammen waren.

Manchmal, wenn mir all diese Dinge in den Sinn kommen ist mir, als wenn sich ein Lasso aus Stahlseil plötzlich um meinen Hals legt und mich vom Schreibtischstuhl nach hinten reißt. Mit einer irren Geschwindigkeit werde ich dann ins Nirgendwo katapultiert. Und mein Herz füllt sich mit dem Staub deiner Geschichten, wie ein Silo mit Getreide.

Als ich Max von der Kita abhole, nimmt mich seine Erzieherin zur Seite. „Max macht sich große Sorgen um Sie", sagt sie, „und er ist seit Wochen ganz aufgeregt, dass sein Opa ein Betrüger ist."

Natürlich hatte ich Angst, als ich mich bei Frau Boyle vorstellen durfte. Aber gottseidank geht es mir in solchen Situationen wie beim Fliegen.

Meine Angst steigert sich auf der Fahrt hin bis zum Flughafen. Ich schaue immer wieder verwundert zu den fliegenden Zigarren am Himmel. Da sitzen jetzt zweihundert Leute drin, denke ich, wie bekloppt muss man sein. Und dann fällt mir ein, dass es doch pure Physik ist und theoretisch unmöglich, abzustürzen.

Im Flughafen schaue ich mir immer Magazine an, um mich abzulenken oder die neuesten Schlagzeilen der Tagespresse und teure Unterhöschen mit bestickten Herzen drauf. Beim Schieben und Warten in der Fluggastbrücke zum Flugzeug wird die Welt wieder für einen Augenblick lang dumpf und ich frage mich dann, ob ich hier jemals wieder heil rauskommen werde. Wo ist deine Hand. Nein, ich bin schon groß. Ich lerne das.

Wenn ich endlich sitze, ist alles unverrückbar egal. Dann bin ich relaxt und freue mich vor mich hin. Dann kann ich nichts mehr ändern. Mit meinem Fotoapparat in der Hand sitze ich da, damit ich, falls wir abstürzen, der Nachwelt ein letztes Foto hinterlassen kann. Vom brennenden Triebwerk oder von einem der Entführer.

Zehn Tage nach meinem Vorstellungsgespräch stand ich mit Frau Boyle bei einer Veranstaltung auf einer riesigen Dachterrasse. Wir hatten einen herrlichen Blick über die Stadt. Mein erstes Interview lag auf ihrem Tisch und ich war glücklich. Glücklich auch, dass ich wieder wo dazugehörte.

Ich erzählte ihr, was mir mit dir passiert ist. Sie sollte es nicht über dritte erfahren. Als ich fertig war, schaute ich unsicher an ihr vorbei. Die Sonne war am Untergehen. Einen Augenblick lang standen wir still nebeneinander und dann schaute ich wieder zu ihr. In ihren Augen waren gleich zwei Sonnen zu sehen. Sie schickte sie mit einem Lächeln zu mir hin und seufzte: „Ach man, das tut mir unendlich leid, was für eine Geschichte. Wie lange ist das schon her?"

Acht Wochen.

Ich möchte ein Trauerjahr. Das gab es doch früher auch. Und die Leute trugen schwarze Armbinden, wenn jemand gestorben war. Jeder wusste dann, dass man im Ausnahmezustand ist. Und dass man Zeit braucht, um wieder in sein Leben zu finden. Falls man überhaupt eines hatte.

Ich bräuchte vier. Und vier Armbinden noch dazu. Du bist gestorben. Unsere zwölf Jahre. Meine geträumte Zukunft. Ich.

Wieder schreiben können, Interviews führen, Gäste zu Hause bewirten, das klingt gut, nicht? Aber die Wahrheit ist, ich möchte mich hinlegen und nicht mehr aufstehen. Doch das geht nicht. Auf gar keinen Fall, weil ich liegen bleiben würde. Also betäube ich mich und fülle meine Einsamkeit mit dem Leben der anderen, bis mein Glück wieder stark genug ist für meine ganze Traurigkeit.

Als Gregor da ist und wir zusammen kochen und ich die Pfanne auf den Herd stelle, legt er plötzlich seine Hände auf meine Schultern und fragt, wie es mir denn geht. Ich kann nicht antworten.

Der Arzt hat gesagt, dass meine Haare wieder nachwachsen.

Ob ich dich verklage, fragen mich alle. Kann man das
überhaupt? Kann man emotionale Geiselnahme anzeigen
und Todesangst vermessen? Selbst die materiellen Dinge
zurückzufordern, macht keinen Sinn. Denn niemals hat
irgendjemand irgendetwas von dir zurückbekommen.

Deshalb ist mir nur Eines wichtig, wichtiger als jede
Scheidung selbst, und das ist deine eine Unterschrift, deine
Unterschrift beim Notar. Ich brauche sie, um nicht weiter
mit dir in Verbindung gebracht zu werden, um nicht vielleicht doch noch für etwas von dir aufkommen zu müssen.
Sie besagt, dass wir uns einig sind, dass wir alles getrennt
haben und nichts mehr voneinander wollen. Kein Geld,
kein Unterhalt, keine Liebe, nichts. Nie wieder.

Franka begleitet mich bis fast vor das Büro des Notars.
„Kommt gar nicht in Frage, dass du da allein rumstehst",
hat sie gesagt und mir versprochen, sich im Rahmen ihrer
Möglichkeiten zusammenzureißen und dabei diebisch
gegrinst. Auf dem Weg hat sie mit mir Drei-Wort-Sätze
geübt, damit ich mich nicht wieder einfangen lasse, von
deinen Jokern aus der Hosentasche.

„Ach, ja, ach."
„Das ist schön."
„Ich muss los."

Ich sitze schon im Wartebereich, als du kommst. Im tadellosen Anzug mit einem Businessrollkoffer an der Hand steigst du aus dem Fahrstuhl. Das Erste, was du sagst ist, dass du dich an deinem Geburtstag so einsam gefühlt hast. Niemand hat dir gratuliert. Und dass du bis gestern in Österreich Erdbeeren gepflückt hast. Du würdest jeden Job für mich machen. Außerdem willst du die Notarkosten bezahlen und bald nach Mecklenburg ziehen. Und dass ich deine Post an eine Adresse in den Schwarzwald schicken soll.

Im Büro des Notars ist alles unspektakulär. Er liest die Vereinbarung noch einmal vor. Wort für Wort, was ich verfasst habe. Meine zweite Version, die erste hat mir den Schlaf geraubt. Sie enthielt alle Abmachungen, die wir je hatten, aber ich habe sie zerrissen. Diese hier enthält so gut wie nichts, außer unsere Namen und das Ende. Hattest du eigentlich Angst, als du sie zum ersten Mal geöffnet hast? Hattest du Angst, dass ich doch noch alles aufgeschrieben habe? Weißt du eigentlich, was Angst ist? Weißt du eigentlich, worum es hier geht? Hast du sie überhaupt gelesen?

Wir unterschreiben und dann legst du im Sekretariat das Geld auf den Tisch. Danach stehen wir auf der Straße, es ist alles gut so und trotzdem vakuuminös, ich sehe Franka in der Ferne und bin froh und dann sage ich noch: „Aber du weißt schon, dass ich dich geliebt habe, ja?" Ich will, dass du das weißt. Aber du antwortest nicht.

Und dann gehen wir, du nach rechts und ich nach links. Immer weiter. Und als ich mich noch ein Mal umdrehe, lässt du plötzlich deinen Rollkoffer fallen und rennst wieder zu mir und dann stehst du vor mir und sagst völlig außer Atem: „Wir werden wieder zusammen sein, Bella, ich verspreche es dir, alles wird gut."

„Und dein Auto kaufe ich dir auch wieder. Egal, was du dazu sagst. Spätestens am Ende des Jahres hast du es wieder. Ich will das so", schreibst du mir am Abend.

Obwohl Arschloch auf dem Display aufleuchtet, ich habe dich als Arschloch abgespeichert, und eigentlich gerade nichts zu klären ist, gehe ich ans Telefon.

„Ja?" Im Hintergrund höre ich Kinder auf einem Spielplatz, So also klingt der Soundtrack des Glückes, denke ich, und dann sagst du, dass du mir das Geld für deine Telefonrechnung, die immer noch über mich läuft, erst später geben kannst. Und bevor ich etwas erwidern kann, dann schiebst du hinterher: „Marie hat mich reingelegt" und dass sie schwanger ist.

Marie. Marie. Marie. Wer ist diese Frau, die jetzt auch noch ein Kind von dir bekommt? Ich kann mir richtig vorstellen, wie du damals wieder zu ihr gefahren bist, als ich dir jeglichen Kontakt zu mir verweigert habe. Du wirst zu ihr gefahren sein und gebettelt haben: „Ich liebe nur dich. Ein Glück ist es vorbei, die Zeit mit dieser Frau, endlich ist das vorbei. Jetzt bin ich frei. Ich habe es dir doch versprochen. Versprochen, dass ich mich trenne. Für dich, Baby." Und dass du jetzt nur noch Eines willst, ganz tief in ihr sein.

Ganz tief.

Es ist nicht einfach, wieder Fuß zu fassen, ohne dabei in der Bürokratie hängen zu bleiben. Und noch unfassbarer ist es, wie viele Unterschriften ich dazu brauche, auch noch von dir, also muss ich dich anrufen.

„Was ist?"

„Ich brauche deine Unterschrift für unseren Vermieter, die Bestätigung, dass du ausgezogen bist. Kannst du mir sagen, wie wir das machen können? Denn alle Post für dich kommt immer wieder hier an, auch die Briefe, die ich an die Adresse im Schwarzwald geschickt habe, alles kam wieder zurück."

„Ich weiß nicht, im Moment geht es nicht. Vielleicht in ein paar Tagen."

„Ich brauche Deine Unterschrift gleich. Ich kann auch zu Dir kommen oder dich irgendwo treffen."

„Nein, es geht mir nicht so gut. Ich habe vorige Woche einen Selbstmordversuch hinter mich gebracht. Ich schaffe das nicht. Lege den Brief einfach unten in den Laden, ich geh vorbei und unterschreibe ihn dann dort."

„Okay. Ich verlass mich auf dich", schiebe ich ein bisschen unsicher über den Vorschlag hinterher, ohne auf das Gesagte einzugehen. Aber ich brauche die Unterschrift, ich …

„Sag mal, hast du vielleicht noch eine Minute für mich?", fragst du mich plötzlich.

„Ja, okay. Was ist denn?"

„Ich bin gestraft, Bella, ich bin so gestraft, mein ganzes Leben lang werde ich gestraft sein…"

Augenblicklich fange ich an, mich zu freuen. Jetzt, jetzt weißt du es. Jetzt wirst du mich richtig um Verzeihung bitten. Jetzt hast du kapiert, was du gemacht hast. Jetzt wirst du es sagen, dass es dir leid tut, was du mir angetan hast, wie blöd du warst und dass du für immer gestraft bist, weil du jetzt ohne mich leben musst, ohne mich aufstehen, ohne mich den Tag verbringen und nie mehr...

Während ich mir noch weiter ausmale, wie es für dich wohl ist, ohne mich leben zu müssen, ergänzt du deinen Satz: „... mein Kind wird behindert sein."

Was? Sein Kind wird behindert sein? Ich bin augenblicklich platt. Oder stimmt es vielleicht? Auweia. Das täte mir so leid. Aber mein Joker-Abwehrprogramm arbeitet gut im Hintergrund. Nicht reagieren. Nicht reagieren. Du willst nie mehr auf dieses Spielfeld. Nie mehr dein eigenes verlassen.

„Das schaffst du schon", sage ich, „es ist dein Leben" und lege auf.

Wenn ich mit der U-Bahn fahre und dabei aus dem Fenster blicke und die vorbeirasenden Häuser sehe und mich immer noch frage, ob du jetzt dort oder dort oder dort wohnst und vor welcher Art Tapete du liegst, stelle ich mir auch vor, wie jeder einzelne Mensch am Morgen den Knopf an seiner Jacke zugemacht hat.

Ob es sein Zuhause ist? Wie war wohl seine Nacht? Woher hat er die Bluse, die Frau, den Mann, die Tasche? Hat er genug? Von was? Wer ist er und was er will? Und was weiß er eigentlich über sich selbst?

Und ich? Meine blonden Haare mit der Mütze drauf lenken von meinem Traurigsein ab. Mich und die anderen auch. Ich habe Sommersprossen, die nicht groß auffallen, aber jede Unebenheit der Haut kaschieren. Das macht mich jünger und ein bisschen frech. An manchen Tagen fühle ich mich wie achtundzwanzig und an manchen wie achtzig. Aber die mit achtzig werden mehr.

Früher war ich die, die weiße Bettwäsche mochte; Vanilleeis; und Hefeklöße mit Blaubeeren. Ich habe es geliebt umzuräumen; das Wort Scheiße zu sagen; Küchentischrunden; Spontanität; das Lichtspiel bernsteinfarbene Kiefernstämme, wenn man durch einen Wald fährt und dabei seitlich aus dem Auto guckt; Wolken, natürlich; mit dem Fahrrad auf der Busspur am Stau vorbeizufahren; und Kleckerburgen am Meer zu bauen. Und meine Cola aus einem Rotweinglas zu trinken, das mochte ich auch.

Ich hasste es, nass gespritzt zu werden und kaltes Wasser; und wenn beim Aufziehen der Bettwäsche der Bezug plötzlich falsch herum ist, obwohl ich doch vorher geguckt habe und es dann nochmal machen muss. Ich hasste es zu warten, dreckige Fernbedienungen; verkalkte Eierkochtöpfe; Preisaufkleber, die sich nicht ablösen lassen; Ohrenschmalz und Sterben.

Und saubere Unterwäsche war wichtig. Meine Oma hat mir das beigebracht, meine Oma, die gefühlt zwanzig Schlaganfälle gehabt hat, bei uns wohnte und nicht duldete, wenn die Eltern am Sonntag nach zehn Uhr aufstehen wollten. Dafür hat sie das Frühstück gemacht.

Saubere Unterwäsche... Falls man mal umfällt. Es hat nicht geholfen. Eine Zeitlang hatte ich sogar einen Ersatzslip dabei. Aber eigentlich gefiel es mir besser, gar keinen anzuhaben, in Jeans zum Beispiel. Und jetzt?

Weißt du, ich werde diesen Sommer nur Kleider tragen.

Weißt du, dass Klara und ich festgestellt haben, dass wir beide Klappbettkinder sind.

Klappbetten werden angeschafft, wo nicht genug Platz ist. Sie stehen in einem Durchgangszimmer oder wie bei mir am Fußende des Bettes der Eltern hinter einem Vorhang versteckt, weil mein Bruder und meine Oma sich das Kinderzimmer teilten. In der Nacht kann man den Vorhang um sich herumziehen, wenn man will. Das ist das einzig Schöne daran und dann liegt man da und hat mit ein bisschen Fantasie ein Himmelbett. Am Tag wird das Bett hochgeklappt und dann hat man plötzlich keinen eigenen Platz mehr für sich, außer man sucht ihn sich außerhalb der Wohnung. Das prägt ungemein. Wahrscheinlich sind Klara und ich deshalb beide in unserer Jugend Leistungssportlerinnen geworden und jeden Tag zum Training gegangen und kennen Disziplin in Vollendung.

Ich mache jedenfalls bis heute noch jeden Morgen mein Bett, obwohl genug Platz für mich und mein Bett da wäre und es selbst, wenn es ungemacht ist, wie aus der Werbung aussieht. Aber zunehmend frage ich mich beim Bettmachen, warum ich eigentlich nie explodiere. Wer hat mir das beigebracht, immer ordentlich auszuhalten und brav zu sein?

Ich möchte toben, alles zusammenhauen, das Bett zerhacken und nach Rache schreien. Leider komme ich nie weit: Miststück... Arschloch... Verräter... Betrüger... Alte Sau... Arschloch... Arschloch... Arschloch... Sau.

Mehr fällt mir nicht ein. Es ist eine Art Rache-Tourette mit in Stößen ausgespuckten Schimpfwörtern und ganz kläglich folgt am Schluss, wenn ich wieder zwischen den Kissen liege, dass ich das nicht verdient habe. Ich nicht.

Niemand.

Ich kämme mein Haar und lackiere meine Fußnägel. Es wird niemand sehen, denn es ist Winter und ich habe eine Mütze auf und Schuhe an. Rot. Danach schmeiße ich den Nagellack weg. Ich habe gebadet und schon die Sachen rausgelegt und ziehe doch andere an. Auf dem Weg ins Gericht bleibt meine Hose in der Fahrradkette hängen. Noch ein Loch.

Heute ist unser Scheidungstermin. Ich bin die erste von uns, dann kommt unsere gemeinsame Anwältin.

In dem kleinen Raum vor dem Gerichtssaal warten viel zu viele Pärchen auf das Ende. Eins kichert ständig. Andere können sich nicht mal mehr anschauen. Im Zehnminutentakt wird jede Liebe zur Schlachtbank geführt. Ich hätte mir gewünscht, du wärst auf einem Pferd gekommen. Vielleicht hättest du mich geklaut. Und mein Lachen als Letztes hätte etwas Schönes.

Aber du kommst ohne Pferd und auch erst ganz knapp vor unserem Termin und mit dir die Kälte. Du wirkst flattrig, wie auf der Flucht und siehst tatsächlich so aus, als ob du grad Erdbeeren in Österreich gepflückt hättest. Du hast Wanderschuhe an und einen Rucksack auf deinem Rücken. Ich suche deinen Blick. Da ist nichts. Deine Hände. Deine Hände zittern. Ich schiebe dir eine Tüte rüber. Mit deiner Post und ein paar Sachen, die ich von dir noch in der Weihnachtskiste gefunden habe. Die Weihnachtsteelichtsilberdinger klimpern leise. Du reißt hektisch einen Brief nach dem anderen auf, auch den von Klara. Ich kann deine

Augen nicht sehen. Wir sitzen nebeneinander auf den kalten Eisenstühlen. Uns gegenüber steht ein Scheidungspaar mit ihrem neuen Lover. Das noch-Ehepaar passt viel besser zusammen. Was sie wohl über uns denken?

Ich wünsche dir alles Schöne. Verschreckt schaust du mich an. „Für dein neues Leben", schiebe ich hinterher. „Alles Schöne ist vorbei. Nächste Woche hätte ich es neun Jahre lang gehabt", sagst du und fragst dann, wie es mir geht. Ich wende den Blick von dir. Ich war immer gut. Wieso kannst du nur so sein? Immer wieder und immer wieder wirklich Nichts sagen oder lügen. „Ganz okay", sage ich und suche Halt. Hau ihm in die Fresse! Erschieße ihn!

Aber ich kann das nicht. Ich komme aus einer Kleinstadt, wo am Samstag die Flurscheibe geputzt und jeder Nachbar gegrüßt wurde. Und es waren viele, die zu grüßen waren. Jeden Morgen und wenn man nach Hause kam, auch. Sie guckten aus ihren Fenstern und hatten Kissen auf dem Fenstersims und ihre Ellenbogen darauf und schauten, ob alles seine Ordnung hat und wer ein neues Auto.

„Savane, Saal fünf."

Als es vorbei ist und wir wieder draußen stehen,
überlege ich kurz und dann fasse ich dich bei deinem Jackenbund, bevor du gehen kannst und schau dich nochmal an. Ich will dich etwas fragen. Aber es geht nicht, denn ich sehe alle deine Antworten schon in deinen Augen.

Muss mal sehen.
Morgen, vielleicht.

Im Moment nicht.
Es geht mir nicht so gut.

Heute wäre unser Hochzeitstag gewesen.

Es war deine Idee, am Meer zu heiraten und schön und unglaublich lustig, auch, es meinen Eltern zu sagen.

Die Offenbarung unserer Hochzeit schwebte an einem Sonntag, drei Monate davor, stundenlang über ihnen und der schon fertigen Quarktorte. Man konnte sie beinahe greifen. Ich musste mir die ganze Zeit das Lachen verkneifen, wie du versucht hast, den perfekten Moment abzupassen, um vor meinem Vater praktisch auf die Knie zu gehen. Meine Mutter fragte erschrocken, ob wir denn heiraten müssten, aber Vater war glücklich. Er sprang auf und freute sich und es sah aus, als ob er gleich tanzen würde. Überhaupt mochte er dich, du warst für ihn ein Anpacker. Aber vielleicht war er auch froh, dass ich bald wieder in ordentlichen Verhältnissen lebte.

Wir waren schon am Abend vor der Hochzeit mit den Kindern im Hotel und durften die Nacht nicht zusammen verbringen, weißt du noch? Sie waren dagegen, schließlich wären wir ja nicht verheiratet, haben sie gesagt und mit uns auf dem Balkon gestanden, aufs Meer geschaut und gelacht. Also hast du mit Gregor ein Zimmer gehabt und ich mit Anna und wir haben mit ihnen über die Liebe gesprochen und das Leben gefeiert und am Strand eine Rakete in die Nacht geschossen und waren trotzdem schon wieder um sechs Uhr wach.

Der Brautstrauß kam, meine Eltern, Freunde, ein bisschen Panik und Überraschungsgäste, und der Taxifahrer verfuhr sich. Wie aufgeregt wir alle waren, nur die Boote im Hafen schaukelten einfach so vor sich hin. Sie nickten uns zu und die Sonne schien. Es war windstill. Und das Thermometer zeigte neunzehn Grad. Und das im Dezember. Und die Standesbeamtin hat geweint. Sie konnte vor lauter Schluchzen den CD Player nicht mehr bedienen und deshalb erklang die ganze Zeit immer nur das eine Lied in Endlosschleife. Seit der Himmel jeden morgen deine Augenfarbe trägt... Lalala... Bei mir geht überhaupt nichts mehr... Lalalala. Wir haben ihr unsere Taschentücher gegeben und sie trösten müssen, weil unsere, ihre letzte Trauung war.

Wenn man vom Bahnhof her die kleine Brücke über den Strom überquert, kommt man unweigerlich am Standesamt vorbei. Vor ein paar Tagen war ich das erste Mal wieder dort. Ein Wagen mit einer Braut stand davor. Ich habe ihr kurz zugewinkt und musste weiter. Max und ich wollten unbedingt schnell Fisch essen gehen.

Ob es auch Rotfedern gibt, hat er den Kellner gefragt.

Von dem Verkauf meines Hochzeitskleides und dem
Ehering habe ich mir einen Fotografie-Kurs geleistet. Und
die Schutzengelkarte, die wir geschenkt bekommen haben,
habe ich endlich weggeschmissen. Ich bewahre dich vor
dem Alltagstrott, stand da drauf.

Ich habe geträumt, dass wir durch die Gassen Barcelonas
streifen. Ich hatte eine blaue Seidenbluse an und trug ein
vierjähriges Mädchen. Es hatte blonde Locken, die meine Wange berührten und ich spürte seinen milchwarmen
Atem, Vertrautheit, wie wir gelacht haben, unser Glück. Es
war warm und die Mittagsruhe lag über dem Viertel, wie
ein Laken über Liebenden. Zwischen den Häusern sah ich
den Himmel und die Berge, auf denen der Schnee in der
Sonne glitzerte, und eine Seilbahn, die hoch auf den Gipfel
führte. „Da will ich hin mit euch", habe ich gesagt. Und im
selben Augenblick waren Sirenen zu hören und kurz darauf
preschten Polizeiwagen um die Ecke. Reflexartig legte ich
allen Schutz, den ich hatte, um das Kind, meine Arme,
das Vorderteil meiner blauen Bluse und drückte mich entlang der Hauswand zur nächsten Ecke und suchte Sicherheit hinter einem Torbogen. Als ich mich suchend nach
dir umschaute, standest du immer noch auf der kleinen
Straße, die wir gerade eben verträumt überquert hatten.
Von allen Seiten kamen jetzt immer mehr Polizeiwagen auf
dich zu, schwerbewaffnete Polizisten sprangen heraus und
richteten ihre Waffen auf dich. Aber du standest einfach
da und schautest ganz ruhig, Wieso bist du so ruhig, und
dann hast du unter dein Hemd gegriffen und ein Maschi-
nengewehr hervorgezogen und geschossen.

Noch bevor ein Laut mein Herz verlassen konnte, lagst du blutüberströmt am Boden, im Fallen noch hast du nach uns geschaut und gelächelt. Ein Lächeln, in dem alles war, was ich brauchte: Liebe, Vergehen, Verzeihen und Trost.

In diesem Moment habe ich verstanden. Du wolltest, dass es vorbei ist, dass es für dich vorbei ist. Nur deshalb hattest du Sekunden davor deine eigenen Schüsse nicht auf die Polizei, sondern gen Himmel gerichtet.

Wir wurden in Rekordzeit geschieden. Das ganze hat nicht einmal zwölf Monate gedauert, denn ich hatte darauf bestanden, dass unser Trennungszeit ab da galt, als du zu Alexander gegangen bist.

Meine Scheidungsparty war komisch. Also, dass es eine war, wusste ich sowieso erst später. Ich hatte die Scheidungsurkunde bekommen und wollte meine Freunde bei mir haben, alle auf einmal. Carola hatte eine Kolumne dabei, woraus ich erfuhr, dass Scheidungspartys jetzt modern sind. Und dann hat Franka eine glühende Rede auf mich gehalten, mit der du wieder zum Thema wurdest und dann haben die Nachbarn Ruhe gebrüllt.

Als alle weg waren, war ich ein bisschen traurig. Im Haus gegenüber brannte schon in drei Fenstern Licht. Gegen elf stand ich im Bad und hörte das Glockenspiel der Kirche und plötzlich hatte ich Lust, zu schwimmen. Ich wollte schwimmen gehen! Also bin ich schwimmen gegangen und habe einen Zug nach dem anderen gemacht.

Einatmen. Abtauchen. Zug. Auftauchen. Einatmen. Abtauchen. Zug. Ich habe das Wasser gespürt. Die Ruhe zwischen den Welten. Mich.

In unserem Haus ist ein kleines Kind gestorben.
Warum nicht du.

Ich übe jeden Tag neues Leben. Am equal pay day habe ich in der Schweiz mit anderen Frauen auf der Straße gestanden und ein anderes Mal in einem Werbevideo mitgespielt.

Ich sage immer spontan zu. Spontan ist gut. Wenn ich anfange nachzudenken, denke ich zu viel nach.

Ab und zu erschrecke ich mich noch, wie heute. Ich war auf der Bank und habe meine Kontoauszüge geholt. Auf dem ersten, den der Automat ausgespuckt hatte, war ein Geldeingang von genau einem Cent verbucht. Ein Cent ist nicht wirklich weltbewegend. Manche Institute überweisen ihn, um die Personalität abschließend zu identifizieren. Aber dieser hier, dieser Cent war von dir. Als Verwendungszweck stand:

„Wie sieht der Himmel aus, der jetzt über dir steht?"

Ach der Himmel.

Ziehende Wolken, prasselnder Regen, kristallene Eis-
stückchen, unendliches Blau, tausend Farben in grau. Das
alles ist am Himmel zu sehen, aber kein Gott weit und
breit. Wo ist er eigentlich, wenn ein Baby stirbt, wenn
Menschen flüchten müssen, wenn Menschen schlecht
sind, wenn wir Kaffee kochen? Ist er in uns?
Obwohl ich nicht an Gott glaube, bete ich neuerdings.
Oft bleibt mir gar nichts anderes übrig. Ich sage dann:
„Bitte, bitte, lass es nicht noch schlimmer werden. Bitte,
bitte, hilf mir. Bitte, bitte, bitte sage mir, dass alles wieder
gut wird. Bitte, bitte, mache mich wieder gesund, bitte,
bitthhhhe."

Aber die Antwort, die ich von ihm bekomme, ist immer
die gleiche: verstecke dich nicht.

Als ich am Neujahrsmorgen den Vorhang zur Seite schiebe, erstarre ich. Du stehst im zweiten Stock des Vorderhauses und siehst aus dem Flurfenster zu mir herüber. Du hast ein Baby auf dem Arm. Als du mich siehst, drückst du es an dich, ohne mich dabei aus den Augen zu lassen und ich sehe an deinem Mund, wie du in sein Ohr flüsterst: „Bald, mein Baby, bald wohnen wir wieder hier." Und dann zupfst du sein Mützchen zurecht.

Und als ich mich traue, noch einmal hinzuschauen, bist du weg. Warst vielleicht niemals da.

Teil 3

WIR

Lass mir alles geschehen,
aber lass mich nicht allein damit.

Verfasser nicht eindeutig

Manchmal schaue ich bei Marie vorbei. Heute will sie wahrscheinlich Eierkuchen machen. Die Milch steht schon draußen, Mehl und Eier auch und die Pfanne auf dem Herd. Irgendjemand hat noch schnell einen Joghurt gegessen, die leere Plastikverpackung liegt daneben.

Marie backt überhaupt gern. Und sie liebt ihre Kinder, sie liebt sie über alles. Vorige Woche gab es Plätzchen mit ihren Namen darauf: Oskar und Sole.

Ich muss nicht klingeln, wenn ich sie sehen will, ihre Tür ist offen. Marie sieht schön aus, wie sie so in ihrer Küche steht. Ein bisschen blass, na ja, soweit man das auf den WhatsApp Profilfotos eben erkennen kann.

Persönlich getroffen habe ich Marie noch nie.
Ich kann auch nicht sagen, was sie von mir weiß.
Ich weiß nur, dass ihr Zuhause dein Krankenhaus war und dass sie diese Frau ist.

Und Sole eure Tochter.

Meine Freundin Marion sagt, ich soll mir Maries Fotos im Internet nicht ständig anschauen. Aber ich brauche das, um klarzukommen und um vorbereitet zu sein, falls ich euch mal auf der Straße treffe.

Mir ist völlig klar, dass dein Leben jetzt ihr Leben ist und ihres deins und dass mich das nichts angeht. Und trotzdem denke ich darüber nach, wie ich mit Marie Kontakt aufnehmen kann, denn ich will, dass sie weiß, dass sie mich alles fragen kann, wann immer sie es braucht.

Und sie hat sicher Fragen. Fragen, wie ich sie auch immer hatte. Warum schaffen wir es nie nach Barcelona, zum Beispiel.

Eva hat sie mir beantwortet.

Eva. Eva war die Frau vor mir an deiner Seite.

Ihre Fotos von sich und ihrer Familie hat sie mir aber persönlich geschickt: Eva lachend mit ihren drei Kindern am Strand. Eva mit ihrem Mann an der Seine. Alle fünf auf einem Segelboot. Von der Einschulung ihrer Zwillinge. Von der Taufe ihrer Kleinen. Von ihrem Zuhause in Paris.

Auch Eva ist schön. Und sie ist glücklich.
Wieder glücklich. „Das wirst du auch bald wieder sein", hat sie mir am Telefon versichert.

Du hattest Eva immer mal erwähnt, ganz beiläufig, wie das Wetter in China. Du hast gesagt, dass ihr einfach nur so zusammen ward, ohne geplante Zukunft. Und dass ihr beide keine Kinder haben wolltet. Und dass sie ohne dich keine Karriere gemacht hätte. Und dass Evas Mutter dir noch Geld schuldet.

Eigenartig, schon die ganze Zeit, die ich mit dir zusammen war, war Eva in meinem tiefsten Innern auch bei mir. Ich wusste instinktiv, dass ich sie irgendwann einmal sprechen würde, denn sie war die Antwort. Die Antwort zu Geschehnissen, die du mir nie wirklich beantworten wolltest. Geschehnisse, bei denen du deine Joker eingesetzt und mich hast stehen lassen und die deshalb keinen richtigen Platz fanden und im Kopf kreisten wie ein Kettenkarussell auf dem Jahrmarkt.

Kennengelernt hattest du Eva bei deinem Motorradunfall. Sie war die Ärztin vor Ort.

Obwohl ich Evas ganzen Namen wusste, Eva Martinique, habe ich lange gebraucht, um sie ausfindig zu machen. Erst sehr spät fiel mir Facebook ein.

„Ja, das bin ich. Ich bin die Frau, die mit Tom zusammen war und ich wünschte, es nie gewesen zu sein." Das waren die ersten zwei Sätze, die mir Eva auf meine Facebook Anfrage hin schrieb und als ich sie las, hüpfte mein Herz vor Freude, obwohl sie so traurig klangen. Und dann telefonierten wir.

Mit Evas Antworten zerfiel der Rest unseres gemeinsamen Lebens, wie ein Blatt im Herbst.

Danach stimmte nicht nur mein letztes Jahr mit dir nicht mehr, sondern das erste auch nicht und alle anderen lösten sich ebenfalls auf. Nichts von dem, was du uns erzählt hattest, mir, Eva, den Kindern, unseren Freunden oder sonst wem, stimmte in der Wirklichkeit, obwohl alles wahr war. Denn es waren Geschichten anderer, die du benutzt und erzählt hast, andere Orte, andere Zeiten, anderer Leben. Du hast sie gemischt wie Karten im Casino und verteilt wie du wolltest.

„Sag mal Eva, warst du eigentlich jemals mit Tom in Barcelona", fragte ich sie zaghaft am Telefon.

„Na klar, ich bin doch dort geboren. Und ein Teil meiner Familie wohnt immer noch da."

„Du bist dort geboren?! Oh, das wusste ich nicht. Und Toms Bar, hattet ihr die dann gemeinsam?"

„Welche Bar?"

„Na, er hat mir erzählt, dass er in Barcelona eine Bar hatte."

„Das ist ja wieder typisch Tom. Nein", lachte sie, „er hatte dort keine Bar. Aber vielleicht meint er die, wo mein Vater gearbeitet hat."

„Wann wart ihr denn das letzte Mal zusammen dort?", hakte ich nach, weil ich auf ein ganz bestimmtest Jahr mit meinen Fragen aus war.

„Warte mal, das weiß ich genau, weil es das letzte Mal war, dass wir zusammen Weihnachten gefeiert haben. Das ist schon ein paar Jahre her. Wir haben mit der Familie meines Vaters die Feiertage verbracht und meine Schwester kam über Silvester extra aus Paris."

„Ich dachte immer, Tom hatte eine Schwester in Paris? Sie ist aber schon tot."

„Nein, das ist meine. Er hat überhaupt keine Schwester. Er hat einen Bruder und der ist in Hamburg. Aber so weit ich weiß, haben sie keinen Kontakt."

„Und sein Vater?"

„Der lebt in Leipzig."

„In Leipzig? Tom hat immer gesagt, sein Vater sei Japaner."

„Das ist er auch, aber Masato, Toms Vater, wurde in Deutschland geboren und lebt schon immer hier."

„Hast du ihn mal gesehen?"

„Ja, er hat uns öfter besucht. Zusammen mit Inge, seiner zweiten Frau. Und wir sie auch."

„Weißt du eigentlich, dass die Beiden schon tot sind?"

„Oh nein! Das ist ja furchtbar. Was ist denn passiert? Als ich im Januar mit ihnen kurz telefoniert habe, um Inge zum Geburtstag zu gratulieren, war doch noch alles in Ordnung."

Obwohl ich mit einer Antwort in dieser Art gerechnet hatte, wurde mir augenblicklich schlecht. Ich musste schlucken, aber ich fragte tapfer weiter: „Wann warst du denn das letzte Mal zusammen mit Tom bei ihnen?"

„Oh, warte mal, ja, ich weiß, es war damals, nach dem Weihnachtsfest in Barcelona. Wir sind über Leipzig zurück nach Hause geflogen. Wir waren noch drei Tage lang bei Inge und Masato. Tom und ich, das letzte Mal zusammen. Danach hatte ich mit Tom eigentlich nur noch Stress, weil er kaum noch Zeit hatte und immer unterwegs war und nachts gearbeitet hat."

„Sag mal Eva, weißt du noch, welches Weihnachten das ganz genau war?"

Aber eigentlich hätte ich das schon nicht mehr zu fragen brauchen. Es war unser erstes Weihnachten, das, an dem du nach Tokio musstest, weil dein Vater im Sterben lag. Weißt du noch? Als ich Charlie verloren habe? Ich lag im Krankenhaus. Und du in Barcelona am Strand.

„Und wann habt ihr euch dann getrennt", war meine letzte wichtige Frage.

„Ungefähr eineinhalb Jahre später. Wir sind noch zusammen in eine neue Wohnung gezogen, in die Springhöfe, weil die angeblich schöner war als unsere alte. Aber es hat nicht geholfen. Und wie furchtbar viele Schulden sich angesammelt haben durch die Umzüge und die Autos, die er kaputt gefahren hat, habe ich erst mitbekommen, als ich selber wieder Herr meiner Post war."

Fast hätte ich wegen der Autos lachen müssen. Aber ich war zu perplex dazu, weil sich immer weitere Abgründe auftaten. Du warst die ersten eineinhalb Jahre unserer Liebe also noch mit Eva zusammen? Das war deine Krankheit damals? Die, die du an unserem Anfang hattest, als du ständig zum Arzt musstest? Außerdem bist du auch noch extra mit Eva in mein Viertel gezogen? Wie ist das zu bewältigen? Tag für Tag und Nacht für Nacht? Wie schafft man das alles auch noch logistisch und psychisch auf die Reihe zu bringen? Ist das nicht schwer? Wird man da nicht verrückt?

Zu Eva hast du gesagt, dass du nachts beim Deutschen Roten Kreuz arbeiten würdest und dort für die Bluttransporte zuständig seist. Das würde gutes Geld bringen. Du würdest alles nur für sie tun.

An einem sonnigen Morgen, noch bevor du wieder von mir zurück bei Eva warst, hat Eva, als sie ihre verweinte Nacht im Badspiegel sah, ihre Jacke und die Handtasche genommen und ist einfach so, als würde sie nur schnell zum Bäcker gehen, zum Bahnhof gefahren und in den Zug zu ihrer Schwester gestiegen. Du hast sie nie wieder gesehen.

Sie hat ihr Geschirr zurückgelassen, die Teller aus Florenz, den schönen französischen Servierwagen, ihre Kleider, die Wäsche, das ungemachte Bett, die Möbel, das Besteck der Großmutter, die Angst, alles. Nur ihre Fragen ist auch sie dabei nicht losgeworden.

Warum fühlt sich alles so komisch an?
Wo bist du jede Nacht?
Wieso hast du nie Geld?
Warum schreist du, wenn man konkret wird?
Was soll die ganze Lügerei?

Jetzt haben wir das Karussell angehalten.

Wie meine Tage so aussehen, möchtest du wissen? Also heute zum Beispiel habe ich viel telefoniert. Ich telefoniere ja immer viel, viel zu viel, ich weiß. Das Gespräch mit einem Verlag war richtig gut, ich soll ihnen ein paar Ideen schicken. Dann habe ich den Artikel über Zucker fertig gemacht und abgeschickt. Ich habe die Wäsche aufgehängt und dabei Radio gehört und hinterher Gymnastik gemacht. So was halt, ganz normale Sachen. Nachher hole ich Max aus der Kita ab, es geht ihm wieder gut, er redet kaum noch über dich. Davor muss ich noch schnell den Kuchen für Frida fertig machen. Sie hat doch morgen Geburtstag. Ach ja, und ich habe es geschafft, meine Lieblingssender fest ins Radio einzuprogrammieren. Also alles okay.

Außerdem sind meine Pulsadern immer noch zu und ich bin auch nicht in einer Nervenheilanstalt gelandet.

Ab und zu muss ich noch zu meinem Hausarzt. Er verschreibt mir immer noch keine Medikamente. Er hört einfach zu und beruhigt mich.

„Na, wie geht es ihnen denn so, Herr Doktor", lenke ich meist als erstes von mir ab, denn es ist mir peinlich, dass ich so unruhig bin und keine richtig definierbare Krankheit habe.

„Gut", sagt er und dann erzählt er ein wenig von sich, dass er mit seiner Frau an der Oder langgeradelt ist, zum Beispiel. Und dann will er natürlich wissen, was er für mich tun kann und wie es mir denn geht.

„Ach", sage ich dann, „auch ganz gut, aber ich glaube, ich bekomme einen Herzinfarkt."

„Woraus schließen Sie das", fragt er.

Ich erkläre ihm, dass ich quer über der linken Brust Stiche verspüre.

„Beim Atmen?" hakt er nach. Und ob morgens oder abends? Und wie ich schlafe, will er auch wissen. Mein Blut hat er untersuchen lassen, EKGs gemacht, mein Herz abgehört.

„Alles ist bestens", sagt er, „Sie hatten keinen Herzinfarkt und Sie werden auch keinen bekommen."

„Wirklich? Sind Sie sich da wirklich ganz sicher?"

„Ich bin mir ganz sicher."

„Ich meine ja nur, nicht, dass ich doch noch einen bekomme und Sie dann traurig sind."

Aber er ist sich ganz sicher.

Und dann lachen wir beide immer.

Aber es ist schon erstaunlich, wie viel Zeit man braucht, um sich zu erholen. Ich muss aufpassen. Es ist erst vier Jahre her, dass mein Leben auf dem Küchentisch zusammengebrochen ist. Es ist erst vier Jahre her, dass jede Sekunde wieder wahr ist. Wenn ich morgen verabredet bin, bin ich morgen verabredet. Wenn ich Fieber habe, habe ich Fieber. Wenn ich glücklich bin, bin ich glücklich. Wenn ich wegfahre, fahre ich weg. Wenn ich dich wiedersehe, haue ich dir eine in die Fresse.

War Spaß.

Seit ein paar Tagen werde ich das Bild nicht los, wie ich mit einem Schwert einen sauberen Schnitt hinlege. Nie sehe ich deinen Kopf rollen, aber das Geräusch ist schön. Wusch.

Mit meiner Panik komme ich auch immer besser zurecht. Weißt du, sie kommt immer noch manchmal. Aber sie wäre weg, wenn du vor mir stehen würdest.

Und doch gibt es noch Tage, an denen ich denke, ich schaffe es nur noch bis zum nächsten Baum. Acht Schritte. Oder bis in die Küche und auf dem Weg dahin falle ich um. Ich werde tot im Flur liegen und meine Kinder nie mehr wiedersehen. Und sie finden mich dann dort. Unstillbare Sehnsucht packt mich in diesen Momenten. Ich will sie umarmen, ihnen doch sagen, wie schön sie sind, dass ich sie liebe, unendliche liebe. Heute. Morgen. Immer.

Und auf einmal macht sich dann ein Gedanke breit und mein Schmerz ebbt ab und mir wird klar, vielleicht versperre ich ja tot die Tür. Und sie haben dann überhaupt keine Lust, die Erdbeertorte zu essen, die ich für sie gebacken habe und die im Kühlschrank steht.

Also, um auf deine Frage zurück zu kommen, ich lerne. Ich lerne jeden Tag. Ich lerne allein zu sein. Ich lerne, dass meine Traurigkeit vergeht, wie eine Welle am Strand. Ich lerne, dass ein heißes Bad allein mir gut tut, dass Sonntag einfach Sonntag ist. Und - dass ich mich nicht schämen muss.

Aber es ist nicht immer leicht. Manchmal schaufle ich wie verrückt, um meinen Strand wieder schön zu bekommen, aber die Wellen hauen mich um. Ist ja vielleicht auch blöd, am Meer zu bauen.

Weißt du, ich hätte dich so gern beerdigt.

Ich hätte Trost bekommen.

Alexander war gestern hier, du weißt schon wer, und hat sich bei mir entschuldigt.

„Was hätte ich denn sagen sollen damals am Telefon als du gefragt hast wie lange Tom noch in meiner Wohnung bleiben kann? Er war doch mein Freund."
„Wieso war?"
„Er hat Schulden bei mir und zahlt sie einfach nicht zurück. Er sagt, dass er an dich jeden Monat tausende von Euros Unterhalt zu zahlen hätte, da wäre kein Geld mehr übrig."

Das sind die Momente, in denen ich wirklich fassungslos bin. Ich bin immer noch ein Teil deines Spieles. Du benutzt mich. Und meine Adresse.

Der große Zettel am Briefkasten, dass du unbekannt verzogen bist, scheint den Postboten nach wie vor egal zu sein. Sie schmeißen dein Leben immer noch hier rein.

Die am gefährlichsten aussehenden Briefe habe ich anfangs geöffnet. Das darf man nicht? Was darf man schon? Man darf alles, wenn man Angst hat. Angst, dass jemand etwas von dir will, vor meiner Tür.

Vorhin habe ich endlich die Nachricht an Marie geschickt. Auf ihrem neuen Profilbild sah sie so glücklich aus, dass ich plötzlich das Gefühl hatte, dass ihr nicht mehr zusammen seid.

„Hallo Marie, ich bin es, Toms Exfrau", habe ich geschrieben, „vielleicht hast du Fragen. Also wann immer du etwas wissen musst, was ich vielleicht weiß, frag mich einfach. Alles Liebe für dich und deine Familie."

Kaum hatte ich auf Senden gedrückt, klingelte mein Handy. Marie. Ich war so baff darüber, dass ich kurz überlegen musste, ob ich wirklich rangehen sollte.

Marie klang, als ob sie die ganze Zeit, seit alles ans Tageslicht gekommen ist, neben dem Telefon gesessen und gewartet hat. Sie klang einsam. Dornröschen. Ich stellte mir vor, wie sie so da saß, in der Mitte ihres Zimmers auf einem Stuhl, die Hände auf dem Schoß gefaltet. Und wie sie mit geschlossenen Augen durch das Fenster über die Dächer unserer Stadt blickte. Und wie sie sie aufgeschlagen hat, ihre Augen mit den langen Wimpern, als das Telefon Pling gemacht hat.

Und zu ihren Füßen spielte ein Kind.

„Warum jetzt?“, war ihre erste Frage.

„Ich, ich, also ich hatte das Gefühl, dass du allein bist, also nicht mehr mit ihm zusammen“, stotterte ich rum, „bist du noch mit ihm zusammen?

„Hm, na ja, wieder. Ich habe schon ein paar Mal Schluss gemacht.“

„Oh, und wie geht es dir?“

„Nicht so gut, er macht immer Druck. Ich hätte nie Zeit für ihn. Aber wie soll ich das alles schaffen? Die Kinder, den Stress, ihn?“

„Und wie ist er zu den Kindern?“

„Mit den Kindern ist er lieb. Hast du es gewusst?“

„Das mit euch?“

„Er hat gesagt, du hast es gewusst und es wäre für dich okay gewesen.“

„Ich habe es nicht gewusst.“

„Ich kann nicht weiter sprechen, ich glaube, er kommt gerade.“

Natürlich kommst du gerade. Das hatte ich ganz vergessen. Wenn du kommst, dann kommst du jetzt nach Hause. Es ist Vormittag. Es ist die Zeit, wo die Post ausgetragen wird.

„Lösch die Nachricht und meine Handynummer, bitte, Marie, hörst du? Ich will nicht, dass du meinetwegen noch mehr Stress bekommst. Du findest meine Nummer im Internet“, schob ich noch schnell hinterher, aber da war nur noch zu hören, wie aufgelegt wurde.

An einem Donnerstag im Spätsommer haben wir uns
dann getroffen. Schon Tage davor war ich aufgeregt. Will
ich das? Wofür? Muss ich die Kinder sehen? Was kann ich
ihr schon sagen?

„Sprich nicht über ihn und deine Gefühle." „Schau, dass
es für dich passt." „Geh sofort, wenn es nicht gut für dich
ist." Das waren die Ratschläge meiner Freundinnen, unter
denen es auch einige gab, die mich für verrückt erklärt
haben, weil ich Marie traf. Und zwischendurch ich mich
selbst auch. Marie ging es genauso, obwohl sie sich von dir
getrennt hatte. Und doch war es uns beiden wichtig.

Marion hat geschimpft: „Ich kann das nicht mehr hören.
Schließ endlich damit ab. Und zieh aus eurer Wohnung
aus." Ich lachte sie aus: „Warum soll ich denn aus unserer Wohnung ausziehen? Es ist doch meine Wohnung. Ich
habe sie gefunden und sie hat mich beschützt. Die ganze
Zeit. Und das tut sie bis heute. Und ich kenne die Nachbarn und sie mich. Und mal ehrlich, wann war Tom denn
schon da? Selbst bevor es Marie gab, war er die meiste Zeit
unterwegs."

Wir haben uns in der Nähe eines Spielplatzes verabredet, weil Marie keinen Babysitter bekommen hat und die Kinder mitbringen muss.

Ich sehe sie schon aus der Straßenbahn und bin froh. Marie ist nicht Dornröschen. Sie ist lässig, jung und präsent. Wir winken uns von weitem zu und wissen sofort, wir mögen uns. Wir wissen, jetzt ist alles gut.

Wir umarmen uns. Wir gehen durch den Park. Auf den Spielplatz. Wir spielen mit den Kindern Ball. Maries lange Haare fliegen mit Sole, eurem Kind um die Wette, als sie es im Kreis dreht. Ich lache mit ihnen. Sole schenkt mir ihr Eis. Sie ist so zuckersüß. So kerngesund. So lustig. Alles ist schön normal und doch nicht.

Und dann klingelt Maries Handy. Sie nimmt es aus ihrer Korbtasche. Und ich stutze kurz. Es ist das, was dir damals runtergefallen ist. Das, als ich bei Klara war und du ein neues brauchtest. Marie hat es von dir zum Geburtstag bekommen.

Am Abend schaue ich zum Himmel hoch.

Seit dem Spielplatzbesuch tauschen wir uns per Whats-
App aus. Es geht schon lange nicht mehr nur um dich.
Und ab und zu telefonieren wir. Wie heute. Aber heute ist
Marie völlig aufgeregt.

„Stell dir vor, vorhin war ich mit den Kindern auf dem
Spielplatz vor dem Haus und weißt du, wer dann kam!
Tom stand plötzlich da, mit einem älteren Ehepaar an seiner Seite. Als ich ihn fragte, was er will, sagt er doch glatt,
er wolle mir seine Eltern, also seinen Vater und Inge vorstellen. Ich war so verdattert. Ich meine, du weißt es doch
auch, dass die beiden schon gestorben sind. Also frage ich
ihn, was das soll, ich denke, sie sind schon tot. Weißt du,
was er darauf hin gesagt hat? Er hat gesagt, da hätte ich
mich verhört. Ich ...“

Ich kann Marie augenblicklich nicht weiter zuhören, so
schwindlig ist mir. Wie viele Male hatten wir das Thema
Vater, Erbe, Geld, Friedhof? Wie oft habe ich vor dir gestanden und gesagt: „Bitte, was früher war ist vorbei. Was
immer du erzählt hast und nicht wahr war, lass es uns vergessen. Du wirst deine Gründe gehabt, Freiraum gebraucht
haben. Aber heute nicht mehr. Wir haben uns und die Liebe. Ich brauche weder Geld noch alte Geschichten noch
Lügen. Also, wenn dein Vater noch lebt, sag es.“ Und jedes
Mal hast du geantwortet: „Aber was sagst du denn da, Bella, warum sollte ich mir so etwas ausdenken. Mein Vater
ist tot. Und Inge auch. Und ich finde es schade, dass du sie
nicht kennenlernen konntest. Und um das Erbe kümmere
ich mich, wenn ich dazu bereit bin. Schließlich muss ich

mich dabei immer mit Inges eigenen Kindern auseinandersetzen. Das dauert."

Und auch wenn ich von Eva schon wusste, dass sie nicht an dem Weihnachten gestorben sind, wie du gesagt hast, jetzt ist es endgültig gewiss. Niemand ist gestorben. Niemals jemand. Dein Vater nicht. Inge nicht. Keine Schwester. Und du nicht mal an dir selbst. Nur ich fast. Und unsere Charlie ganz.

„… und dann hat Inge gesagt", höre ich Marie weiter fluchen, „dass doch jeder eine zweite Chance verdient hätte. Ich solle nicht so grausam sein und mich mit Tom wieder vertragen. Schließlich hätten wir ein Kind zusammen. Und dann habe ich gefragt, was sie mit einer zweiten Chance meine. Ob sie nicht wisse, wie viele Chancen er schon gehabt hat. Und ob sie nicht wüsste, was du und ich alles mit Tom erlebt haben. Und dann wollte ich von dir erzählen, aber sie unterbrach mich und sagte, dass sie mit dir nichts zu tun haben wollen. Sie kennen dich nicht und du interessiert sie auch nicht."

Ich interessiere sie nicht. Macin, ein Freund, du kennst
ihn nicht, hat einmal gesagt, „dass es wichtig ist zu wissen,
wer man ist und wer man sein möchte. Man muss sein
eigenes Leben kreieren, um glücklich zu sein. Und man
muss sich aus jedem lösen, in dem man die Hauptrolle
verliert."

Schon deshalb kann ich meinem unbekannten Schwie-
gervater und seiner Frau nicht böse sein.

Außerdem hast du früher manchmal im Spaß gesagt,
dass, falls ich mich je von dir trennen will, du vor Gericht
behaupten würdest, ich hätte dich gefangen gehalten. Und
dann würde man mich bestrafen.

Ich kann mir also vorstellen, was du Inge und Masato
über mich erzählt hast.

Als es an der Tür klingelte, fuhr mir der Schreck durch den ganzen Körper. Das kommt zwar immer seltener vor, aber manchmal eben doch. Ich wusste im selben Moment, dass es um dich gehen wird. Ich habe keine Lust darauf. Seufzend stand ich auf und gehe vorsichtig zum Spion.

Meine Nachbarin Martina stand mit ihrem Kind auf dem Arm davor. Wir reden immer mal ein paar Worte zusammen. Auf dem Hof oder auf der Straße. Aber noch nie war sie bei mir. Ich öffnete die Tür. „Ist etwas passiert? Ist meine Waschmaschine ausgelaufen?", fragte ich sie entsetzt, als ich ihre besorgten Augen sah, obwohl meine Wäsche im Bad zufrieden vor sich hin schaukelte.

„Na ja, ich weiß nicht so recht", druckste sie, „es geht um deinen Exmann."

Oh Gott, dachte ich erschrocken, was hattest du denn auch noch mit Martina zu tun? „Komm doch rein", bat ich sie. Und dann erzählte sie mir, dass ein Kunde von dir dich sucht, weil er seit Wochen seinen Wein von dir nicht geliefert bekommt und dich nirgendwo mehr erreicht. Deine neue Geschäftsadresse existiert auch nicht. Also hat er sich im Internet auf die Suche gemacht, um Bewohner deiner alten Anschrift ausfindig zu machen, jemand, der dich kennt und vielleicht etwas weiß.

Als ich mich wieder gesammelt hatte, rief ich deinen Kunden an. Du kannst dir sicher vorstellen, was das für ein Telefonat war. Neben der Suche seiner Weinlieferung war er auch noch bestürzt. Du hattest ihm erzählt, dass dein Bruder bei einem Verkehrsunfall schwer verunglückt ist und du dich um sein kleines Kind kümmern müsstest. Und dann war dein Bruder querschnittsgelähmt und dann ist er gestorben und du musstest ihn beerdigen und brauchtest mehr Geld.

Und dann gibt es Tage, da vergesse ich, dass ich dich erlebt habe. Ich wache auf und habe einfach einen schönen Tag.

Ich habe mein Leben, meine Freunde, meine Familie, meinen Himmel, meinen Platz, mein Zuhause, eine Kreditkarte. Weit verreist bin ich immer noch nicht. Ich mag es einfach, zu Hause zu sein. Ich genieße die Ruhe.

Ein Mal war ich doch glatt wirklich richtig krank. Richtig krank, verstehst du? Ich hatte einen allergischen Schock und Fieber und Ausschlag. Beide Arme und Hände mussten mehrmals am Tag versorgt und verbunden werden. Ich brauchte Unmengen Verbandsmaterial und jedes Mal eine Stunde im Bad dafür.

Das war toll.

Ich konnte sagen, i c h   b i n   k r a n k .
Ich konnte die Arme herzeigen und sagen, seht mal hier. Meine Krankheit.

Auch wenn es ein bisschen nach Selbstmord aussah und die Leute sich erschraken.

Ab und zu muss ich noch weinen. Wenn sich jemand trennt, zum Beispiel. Lange habe ich mich gefragt, was das mit mir zu tun hat. Heute weiß ich es. Es sind die Abschiede, die mich umhauen. Wie eine Tsunamiwelle schwemmen sie alles an, Verletzungen, Ohnmacht, Atemnot. Klara sagt immer, weine doch. Aber ich habe Angst, dass dann wieder ein Tag weg ist. Und doch ist es gut zu weinen, sonst würden alle Tage dieses Lebens kaputt bleiben. Also weine ich die Löcher in mir zu. Und über ein paar kann ich schon wieder lustig drüber wegschwimmen.

Mittlerweile verschwimmen die Ereignisse mit dir wie Schiffe mit dem Horizont und zurück bleibt ein Flimmern, wie das über der Teerstraße in den heißen Sommern unserer Kindheit, wo wir uns heute fragen, ob wir das wirklich gesehen haben.

Ich geh wieder mehr aus. Ich nehme Einladungen an. Ich weiß, dass sie wirklich mir gelten. Ich schütze meine Familie. Ich halte sie und freue mich unendlich über dieses Glück. Ich kann keinen Tatort mehr schauen, keine Thriller lesen, keine Nachrichtensendung sehen. Alle Filme müssen gut ausgehen.

Ich verschenke keine Dinge mehr, die mir gehören, aber anderen gefallen. Ich freue mich über Komplimente. Einfach so, ohne sie zu kommentieren. Ich... ich schwöre, es ist so. Immer öfter.

Von Marie habe ich schon lange nichts mehr gehört.

Ein Mal hatte ich wirklich Angst um sie. Sie postete den Spruch: „Ich wünsche niemanden etwas Schlechtes. Ich wünsche jedem nur, dass er jemanden wie sich trifft." Warst du damit gemeint?

Also habe ich sie angerufen. „Nein", hat sie gelacht, „alles ist gut. Mir geht es gut und den Kindern auch. Ich fand nur den Spruch so schön. Und Angst habe ich schon lange nicht mehr."

Ich musste kichern. Hatte ich doch wieder etwas gelernt. Sorgen bringen nichts. Denke nicht für die Anderen. Frage nach, wenn du etwas wissen willst. Du wirst Antworten bekommen.

Vorige Woche waren Carola und ich im Varieté. Wir haben ziemlich weit vorn gesessen und mussten uns die ganze Zeit das Lachen verkneifen, weil das Programm grottenschlecht war. Stell dir vor, die Künstler haben abwechselnd ihre Köpfe auf den Tisch gehauen, wirklich. Und ich musste die ganze Zeit daran denken, wie du das einmal gemacht hast.

Und am Ende der Show stellte sich auch noch der Tausendsassa des Abends mit einem überdimensionalen Kasperleholzkopf vor mich hin. Nicht auch das noch, bitte nicht, habe ich gedacht, aber es half nichts, er schrie schon los: „You are so beautiful, you are so beautiful, you are so, so, so beautiful." Und dann hielt er mir den Kasperlekopf entgegen und öffnete geheimnisvoll dessen Gesicht und ein Strauß vertrockneter Rosen kam zum Vorschein.

Drei weitere Frauen und ein Mann waren ebenfalls so beautiful. Und dann hat er mit den Worten and the solution is die Schädeldecke des Kasperles geöffnet und fünf gefüllte Schnapsgläser unter großem Applaus herausgeholt. Eines davon bekam ich. Man soll ja nichts von Fremden nehmen. Aber ich brauchte es wirklich.

Was für ein Finale.

Und gestern musste ich mit meinem vollgepackten Fahrrad vorn bei der Ampel an der Kirche halten, weil rot war. Neben mir an der Kreuzung stand ein alter Mann. Er steht oft da. Ich kenne ihn vom Altersheim. Von dort aus macht er immer einen Ausflug mit seinem Rollator bis hin zu dieser Straßenkreuzung. Das sind fünfzig Meter. Er überquert nie die Straße, er steht einfach nur da und lächelt die Leute an.

Als er mich sah, fragte er mich:

„Glauben Sie an Gott?"

„Nein", antworte ich, „ich bin nicht gläubig." „Ach", lächelt er mich an, „er liebt Sie trotzdem. Ist das nicht eine gute Nachricht?"

„Ja", habe ich lachend geantwortet, „das ist eine sehr gute Nachricht."

Und dann schaltete die Ampel wieder auf grün und wir winkten uns noch zu, während ich schon in die Pedale trat.

Seit ein paar Wochen habe ich keine Studenten mehr bei mir wohnen.

Max hat mich gefragt, ob ich traurig bin, dass jetzt alle weg sind. „Ach", habe ich geantwortet, „ein bisschen schon, aber ich freue mich auch darauf, wieder mal allein zu sein und nackt durch meine Wohnung laufen zu können." „Aber nicht solange ich hier bin", hat Max entsetzt gesagt und dann haben wir gekichert.

Ja, es stimmt, ich brauche keine Studenten mehr, kein fremdes Leben, um meinem wieder Struktur zu geben. Ich kann wieder alleine sein. Ich will wieder alleine sein. Ich will endlich mal wieder jemanden ganz spontan mit nach Hause bringen können, ohne Rücksicht auf einen Gast. Ich will auf dem Teppich liegen und Wein trinken oder wild rumknutschen oder meine Freundinnen dahaben und wir malen uns an, tauschen Klamotten und lachen und weinen vor Glück.

Also habe ich das Zimmer der Studenten wieder zu meinem gemacht und mein Futon aufgebaut, mich ausgestreckt und dem Bach hinter unserem Haus gelauscht.

Irgendwann, ich glaube es war Ende September, der Sommer war irre schnell vorbei in dem Jahr, bin ich vom Regen aufgewacht. Es war ein herrliches Geräusch, als die Tropfen von Blatt zu Blatt in den Garten fielen.

Und urplötzlich wurde mir bewusst, dass es immer noch unsere Matratze war, auf der ich wieder lag. Erst wollte ich sie mit der Schere zerschneiden, aber es funktionierte nicht. Mit dem großen Cutter Messer habe ich es dann geschafft. Ich habe sie in Stücke zerlegen können, nicht fein filetiert, sondern zerteilt wie ein Schlächter. Aber das Ergebnis konnte sich sehen lassen. Wie Erdteile sahen die einzelnen Stücke aus, die ich dann zum Müllcontainer tragen und dort begraben wollte. Ungewaschen, denn es musste sofort passieren.
Nur mit meinem Liebling-T-Shirtkleid bekleidet, das schöne rote, weißt du noch, und mit meinen gepunkteten Gummistiefeln an den Füßen und jeweils einem Latexerdteil unter den Armen bin ich die Treppe runter raus in den Regen. Die Container hatte jemand aus dem Müllraum auf die Straße geschoben, wahrscheinlich sollten sie heute noch geleert werden. Ich habe noch kurz überlegt, ob ich mich besser umziehen sollte.

Und dann stand er plötzlich vor mir oder besser gesagt, ich vor ihm, vor Karl, und wurde schlagartig rot. Nimm nicht die Arme hoch, dachte ich nur, du bist noch nicht im Bad gewesen und stottere doch nicht so. Oh Gott, und auch noch ungeschminkt und meine

Oberarme erst, während Karl mich nicht aus den Augen ließ und in mein regennasses Gesicht grinste.

Er hätte mich schon ein paar Mal gesehen, hat er gesagt, und dass er froh sei, mich jetzt zu treffen, genau jetzt. Und dass er auf dem Weg zu seinem Sohn sei, aber ob ich nicht Lust hätte, morgen mit ihm spazieren zu gehen.

Aber jetzt muss ich wirklich los. Die fünfte Weihnachtsgans nach dir wartet auf mich. Früher hast du sie immer gemacht. Nachher kommen die Kinder. Sie behaupten, es gäbe überhaupt keinen Weihnachtsmann. Denn wenn doch, hättest du nie Geschenke bekommen.

Heute Nacht hat es geschneit, hast du es gesehen? Das mit den zwei Schönheiten im Winter ist Quatsch. Es gibt so viel mehr.

Ach, und in vier Tagen treffen wir uns.
Eva, Marie und ich.

Und dann...

Epilog

Ich entsperrte mein Handy erneut, um die Kamera schnell wieder startklar zu bekommen, damit ich deinen Sprung von der Bungee-Plattform für die Ewigkeit nicht verpasse. Aber du bist nicht gesprungen. Nach zwölf Minuten fuhr der Korb mit dir wieder nach unten. Es war sehr still. Alle waren sehr still. Man konnte fast das Bungee-Seil im Wind tanzen hören, das immer noch an deinen Füßen baumelte. Die Sonne schien und ich sah die Verzweiflung in deinen Augen, als du wieder auf dem Boden warst.

Ich ließ den Rollstuhl mit meiner Mutter stehen und lief los. Durch die Menschenmenge. Dir entgegen. Mein Herz hüpfte. Ich war immer noch aufgeregt. Aufgeregt und glücklich. Über deinen Mut, sich vor so vielen Menschen zu entscheiden: Ich springe nicht.

Nur die Absperrung trennte uns noch. Doch du hast mich nicht gesehen. Eine Frau stand neben dir. Sie sprach mit dir und mit den Männern. Und dann waren es nur Sekunden. Sie banden dich mit ihr zusammen. Sie fuhren den Korb wieder nach oben. Die fremde Frau hielt dich wie ein Baby fest im Arm und machte, als ihr oben wart, ohne zu zögern den einen Schritt bis an den Rand der Plattform und den zweiten zum Sturz mit dir kopfüber in die Tiefe. Fünfundzwanzig Meter. Du hattest keine Chance.

Dein freier Fall dauerte etwa zwei Sekunden.
Danach schoss das Seil mit euch einige Male wie ein Blitz durch die Luft bis es ins Schwingen überging. Du

mit der anderen. Der ganze Rummel, das ganze Volksfest, die halbe Stadt jubelte und klatschte wie wild. Du hast es nicht gehört. Dein Körper, dein ganzer Körper hörte nichts mehr. Wie eine schlaffe alte Wetterfahne in der Luft, krachend vom Rost gelöst ist er in den Abgrund gefallen. Deine Hände krallten sich in den einzigen Halt, den du hattest. In die fremde Jacke. Erst nach dreißig Sekunden konntest du sie lösen. Und erst als sie dich auf die Erde legten, zweiundvierzig Sekunden später und von den Seilen befreiten, kamst du langsam wieder zu dir. Erst dann. Du kannst es auf dem Video sehen, das ich von deinem Sprung gemacht habe.

Und dann bist du zu mir gekommen und hast mich in den Arm genommen. „Ich werde das nie wieder tun. Nie wieder, Bella."

Das hast du gesagt.

Danke

M., mein allergrößter Dank gilt dir. Du bist unbeschreiblich. Ohne dich wäre ich nicht ich. Wir haben zusammen geweint, geflucht, gelacht, bewundert, gewundert, gestaunt, lagen manchmal daneben, waren traurig, fröhlich, gehen uns zuweilen auf den Geist und finden uns immer wieder. Was für ein unglaubliches Glück - bist du.

Ich danke meinen Kindern und ihren Liebsten. Wir sind ein schöner bunter Haufen, schräg, lustig, anstrengend, nervend, manchmal zu spät, aber immer da. Was soll ich sagen? Mit euch fing mein Leben erst an. Ihr seid so schön, kein Herz reicht aus, meine Liebe zu euch zu beschreiben.

Ich danke L. für die wirklich außergewöhnlichen Spaziergänge und die Freude. Du bist ein echter Südamerikaner, von dem man viel lernen kann. Durch dich bin ich mutiger geworden. Ich hoffe, du stirbst nie.

Ich danke W. von ganzem Herzen. Ihr alle könnt ihm danken. Denn ohne ihn hätte kein einziges meiner Worte und nicht eine meiner Ideen hinaus in die Welt gefunden. W., ich weiß wirklich nicht, was du nicht kannst. Ich weiß nur, was du kannst - einfach alles. Zudem bist du ein Ritter, ein Musketier, ein Ehrenmann - ein wirklicher Freund.

Ich danke dem Internet. Ohne dieses hätte ich niemals A. K. gefunden. A. K., Sie sind ein so großer Schatz. Danke für all Ihr Wissen und die Ruhe, die Sie in mein Leben gebracht haben.

Ich danke meinem Verlag und B. S., dass sie ist, wie sie ist, für ihre Liebe, ihr Durchhaltevermögen, ihren Galgenhumor, ihre Neugierde aufs Leben und für ihre Worte. Zusammen schaffen wir alles.

Ich danke M. und L. für das füreinander da sein und die Überraschungen zur richtigen Zeit; L. und M. für die inspirierende Sicht auf das Leben und die exklusiven Fotosessions und unserem Lachen dabei; E., der immer an meiner Seite war und doch ausziehen musste; J. für die kleinste und schönste Selbsthilfegruppe der Welt; M., die mich zum Schreiben überredet hat und selbst nie mehr schreiben kann; I. für das Vertrauen in mich, den ersten Auftrag und unsere Freundschaft; R. für den Mann, den er liebt und den ich nur so kennenlernen konnte; J. für das gemeinsame Hoffen auf unseren Sieg; D. Ü. für die verrückten Kaminabende; D. C., weil mein Herz wirklich perfekt ist; Frau S. für den schönsten Raum der Welt, den niemand mehr betreten kann; M., weil ich eine Schwester habe; H., A. und S., die für mich mit der Faust auf den Tisch hauen (und nicht nur dahin) und für all die Freundinnen-Tage, ich dachte, die gibt es nur im Film; F.L. für den Blick von oben; K., M. und V. für meine allererste Einladung aufs Land und unsere, immer lustig schrägen Abende; K. und R. für den gemeinsamen Reichtum (ich hoffe K. kann das spüren, da wo sie jetzt ist, sie fehlt so sehr); I. und W. für die irren polnischen Abende, meine schöne Haut und das Studieren der Leute im Vorübergehen; I. für ihre grandiose Reaktionen und das Lachen über sich selbst; A. und S. für die viel zu seltenen Spaziergänge; K. und F., dass wir uns nicht verloren haben; K. und A. für das Wiederfinden und für das, was da noch kommt. Und C. und T. für alle Tage, die sportliche Figur und die schönsten Langeweilen dieser Welt. Ich danke allen meinen Freundinnen und Freunden. Besonders A. und denen, die mich bei diesem Buch begleitet haben: A., A., K., M., M., A.-L., R., J., F. J., S., D., C.S., A.-M., C. D., A., R. und all die anderen.

Und dann sind da noch Marie und Eva, oder ganz egal, wie ihr heißt. Ihr seid nicht allein. Ihr seid schön und genau richtig. Bitte vergesst das nie.

Ich danke meinem Herzen.

Und ich danke dir. Für die Liebe. Für das Wecken der Sehnsucht und das Hoffen bis zum Schluss. Und dass du geben konntest, was du geben konntest. Auch du wolltest mehr.

Und ich danke Ihnen. Was auch immer Sie bewegt hat, diese Geschichte zu lesen, ich hoffe, es hat Ihr Leben reicher gemacht.